I0570521

Tanja Bern

Distant Shore

Sterne der See

Die Deutsche Nationalbibliothek verzeichnet diese Publikation in der Deutschen Nationalbibliographie. Detaillierte bibliographische Daten sind im Internet über http://www.dnb.de abrufbar.

Tanja Bern
"Distant Shore: Sterne der See"
Teil 1 der Distant-Shore-Trilogie

Deutsche Erstveröffentlichung
1. Auflage 2015
Copyright © 2015 Tanja Bern
Alle Rechte vorbehalten
Lektorat & Satz: KopfKino-Verlag
Covergestaltung: coverandbooks / Rica Aitzetmüller
Umschlagmotiv: © Miramiska, Shutterstock

KopfKino-Verlag
Thomas Dellenbusch
Gluckstr. 10
D-40724 Hilden

ISBN: 978-3-9816987-4-9

www.MeinKopfKino.de

Tanja Bern

Distant Shore
Sterne der See

ROMANCE

Über KopfKino:

KopfKino, das sind berührende, nachdenkliche oder auch spannende Geschichten in **Spielfilmlänge**. Ihre ungefähre Lesezeit liegt zwischen 60 und 180 Minuten.

Sie eignen sich daher wunderbar für all die vielen kleinen zeitlichen Zwischenräume, die das Leben hat: für die Reisezeit in Bahn, Bus, Auto oder Flugzeug, für die Stunden in Wartezimmern, für den Nachmittag im Freibad oder am Strand, vor dem Schlafengehen oder einfach so für zwischendurch, um circa zwei Stunden unterhaltsam zu füllen.

Da ihre Lesezeit ungefähr der Länge eines Spielfilms entspricht, eignen sie sich auch hervorragend, um sie sich gegenseitig vorzulesen und den Fernseher einmal ausgeschaltet zu lassen. Lassen Sie sich von Fernseher und Leinwand nicht das ganze Vergnügen abnehmen.

Genießen Sie Ihren eigenen Film auf der größten Kinoleinwand der Welt: Ihrer Fantasie!

Jede Erzählung ist als eBook und als Hörbuch erhältlich, viele auch als Taschenbuch.

Informieren Sie sich regelmäßig auf
MeinKopfKino.de
über Neuerscheinungen, die Autoren, Termine für Lesungen, Hintergründe, oder laden Sie sich einzelne Geschichten als eBook oder Hörbuch herunter.

An einem fernen Strand

Wo sich die See an grüne Hügel schmiegt
Das Fremde uns in Sicherheit wiegt
Wo Meeressalz in Wäldern schwebt
Sich an der Küste Sehnsucht erhebt
Wo Ruinen der Zeit widerstehen
Dort will ich dich wiedersehen
Wenn sich das Meer an Klippen bricht
Im rotgoldenen Abendlicht
Sieh mich in der Brandung am fernen Strand
Das Herz von Irlands Zauber gebannt

Kristin Evers

Verlorener Kampf

Ben wagte es kaum, in Kristins müde Augen zu sehen. Diese verdammte Krankheit wischte jeden Glanz aus ihrem Blick. Das fand er viel schlimmer als den Verlust ihres wunderschönen Haares.

Er griff nach Kristins Hand und wusste nicht genau, ob er damit versuchte, ihr Trost zu spenden, oder ob er diesen bei ihr suchte. Seine Schwester war immer die Stärkere gewesen, schon von Kind an. Sie hatte ihn auf sanfte Weise geführt, ihn bedingungslos verteidigt und stets zum Lachen gebracht. Doch während der letzten zwei Jahre raubte der Krebs ihr jegliche Kraft, verzehrte sie von innen, und Ben musste es mit ansehen.

»Hat Mama die Unterlagen weggeschickt?«, fragte sie mit brüchiger Stimme.

»Ja, hat sie. Mach dir darüber keine Sorgen. Wenn du hier wieder raus bist, ist die Bestätigung sicher schon da.«

Kristin lachte rau.

»Eigentlich hatte ich ja gedacht, dass *du* fährst.«

»Ich? Soll ich mit nach Irland, oder wie meinst du das?«

»Ben ... du weißt, was der Arzt gesagt hat.«

»Ach, die haben dir schon so oft den ...«

Sie unterbrach ihn, indem sie seine Hand drückte. Er sollte das Wort nicht in den Mund nehmen.

... Tod prophezeit, dachte er den Satz zu Ende.

Schon zweimal hatte sie erbittert dagegen

angekämpft! Für einen Moment schloss Kristin die Augen, und Ben starrte auf die Infusionsflasche, die durch einen dünnen Schlauch mit ihrem Arm verbunden war. Kristin lallte ein wenig, und er fragte sich, ob sie nur einen Flüssigkeitsausgleich bekam oder wieder Schmerzmittel. Er linste auf das Etikett und schluckte die aufkeimenden Empfindungen herunter. Es war ein Opiat.

»Was ist dieses Mal anders, Kristin?«, fragte er mit dunkler Stimme.

Ihre Hand hob sich und strich leicht über seine unrasierte Wange.

»Ach Ben, das weißt du nicht ...?«

Er wollte nicht verstehen, was sie andeutete.

Ich brauche dich!, wollte er ihr zurufen, aber ihm blieben die Worte im Hals stecken. Hier ging es nicht um ihn, und er hatte nicht das Recht, etwas von ihr zu verlangen.

»Fahr du für mich.«

»Kristin, ich fahre doch nicht in den Urlaub, wenn es dir so schlecht geht.«

Ihr Blick versetzte ihm einen Stich ins Herz, so als hätte ihn dort ein winziger Pfeil getroffen.

»Ich hab dich lieb, Ben«, flüsterte sie.

Ihn durchfuhr ein Schauer.

»Hey, Kleines, fang nicht an, dich zu verabschieden. Du schaffst diese blöde Chemo auch dieses Mal.«

Kristin schüttelte den Kopf.

»Sie haben sie abgesetzt.«

»Was?!«

»Ben, kannst du mir einen Gefallen tun?«

Er nickte nur, denn ihre Aussage hatte ihn sprachlos gemacht.

»Ich würde so gerne einen Kaffee aus der Cafeteria trinken. Diese Brühe hier auf der Station ist furchtbar.«

»Ich hol dir einen. Bin gleich wieder da.«

Ben wandte sich zum Gehen, doch ein ungutes Gefühl hielt ihn zurück. Er drehte sich wieder um, küsste Kristin zart auf die Wange und wisperte:

»Ich hab dich auch lieb, Schwesterchen.«

Ihr Lächeln erwärmte sein Herz und schenkte ihm trotz aller dunklen Prognosen einen Hauch von Hoffnung. Dann ging er rasch durch die hellen Flure, stieg in den Aufzug und fuhr hinunter ins Erdgeschoss, in dem sich das Café des Krankenhauses befand. Vor der Theke hatte sich eine Schlange gebildet, und er stellte sich hinten an. Nervös begann er, mit den Knöpfen seines Hemdes zu spielen. Einen drehte er so lange, bis er sich von den Fäden löste und aus seinen Fingern rutschte. Der Knopf hüpfte über den Boden und rollte fort.

»Verflixt!«, raunte er, krabbelte unter einen Tisch, an dem glücklicherweise niemand saß, und langte nach dem Knopf. Erneut wollte er sich in die Warteschlange reihen, doch seine Lücke hatte sich inzwischen geschlossen. Man ließ ihn nicht mehr hinein. Innerlich verfluchte er diese sturen Menschen und stellte sich notgedrungen wieder ans Ende. Als er nach einer gefühlten Ewigkeit endlich an der Reihe war, musste neuer Kaffee gekocht werden, und er wartete ungeduldig, bis die Maschine endlich durchgelaufen war.

Unruhe überfiel ihn. Er wollte zurück zu Kristin! Alles schien sich gegen ihn verschworen zu haben. Ben verdrängte diesen Gedanken, nahm die beiden Tassen und balancierte sie zum Aufzug.

Zurück in Kristins Zimmer stellte er die Becher auf dem kleinen Tisch ab und sah zu seiner Schwester. Sie war eingeschlafen. Sollte er sie wecken? Kristin hasste lauwarmen Kaffee. Besorgt betrachtete Ben ihre schlafende Gestalt. Ihr Gesicht wirkte friedlich und entspannt. So sah sie noch zerbrechlicher aus als sonst. Das flüssige Opiat tröpfelte unbeirrt weiter, und er hoffte, dass es ihr wirklich die Schmerzen nahm.

Dann stutzte er.

Sein Herz begann zu rasen.

Atmete sie nicht mehr?

»Kristin?«

Sanft fasste Ben sie an der Schulter.

»Hey, Kleines!«

Kristin reagierte nicht. Und das Gefühl, das er stets für sie empfunden hatte, wenn sie in seiner Gegenwart weilte, war verschwunden. Jetzt empfand er nur eine seltsame Leere. Eine Leere, die er noch nicht fassen konnte. Unbeholfen fühlte er ihren Puls und fand ihn nicht. Ben stürzte aus dem Raum und rannte zum Schwesternzimmer.

»Meine Schwester atmet nicht mehr! Kommen Sie schnell!«

Die Stationsschwester schaute ihn an, und für einen kurzen Moment lag ein alarmierter Ausdruck in ihrem Blick. Dann aber reagierte sie völlig anders als Ben erwartet hatte. Ganz ruhig kam sie auf ihn zu und legte ihm tröstend ihre Hand auf seinen Arm.

Aufgebracht schüttelte er sie ab.

»Meine Schwester ...!«

»Herr Evers ...«, unterbrach sie ihn.

»Ihre Schwester lag im Sterben.«

»Aber Sie müssen doch ...«

»Ich komme, aber ich kann nichts mehr für sie tun. Es tut mir sehr leid.«

Sie schlurfte mit ihren Gesundheitsschuhen in die Onkologie. Ben blieb verstört zurück.

... nichts mehr für sie tun.

Eine innere Stimme flüsterte: *Kristin ist tot.*

Begreifen konnte Ben das nicht. Eine unbändige Wut stieg plötzlich wie brodelnde Lava in ihm hoch. »Nur wegen diesem Kaffee!«, zischte er und trat gegen einen der Besucherstühle.

Eine der anderen Schwestern sagte etwas zu ihm, aber er hörte sie nicht richtig. Alles drang nur noch wie durch Watte zu ihm durch. Dann spürte er Feuchtigkeit auf seinen Wangen. Unwirsch fuhr er sich über die Augen und lief zurück zum Krankenzimmer. Die Schwester hatte die Nadel aus Kristins Arm entfernt und deckte ihr Gesicht mit dem Laken zu. Diese Geste war so endgültig, dass etwas in Ben zerbrach.

»Soll ich Ihre Eltern benachrichtigen, oder möchten Sie das selbst tun?«

Ben reagierte nicht, er konnte es nicht.

Sein Blick blieb starr auf Kristins zierlicher Gestalt haften, die sich unter der weißen Decke abzeichnete.

»Herr Evers?«

»Ich …«

Wieder verschleierten Tränen seine Sicht, und er musste blinzeln.

»Ist alles in Ordnung, Herr Evers?«

Er schüttelte den Kopf und stürmte aus dem Raum. Nur fort von hier! Er ließ den Aufzug hinter sich, rannte in das Treppenhaus und hastete die Stufen herunter.

*

Ben registrierte, dass er auf dem Parkplatz stand, der zu jenem kleinen See gehörte, an dem Kristin und er in all den vergangenen Jahren so viele schöne Stunden verbracht hatten.

Wie war er hierher gekommen?

Er konnte sich kaum daran erinnern, wie er zu seinem Wagen gelangt war, geschweige denn zum See. Fahrig wischte er sich über das Gesicht. Sein Handy klingelte, doch er ignorierte es.

Was wollte er hier?

Abschied nehmen, dachte er und kämpfte gegen die

Trauer an, die ihn mit all ihrer Macht zu überwältigen drohte. Er sah sich um. Kein Auto parkte heute hier. Das Wetter machte jedem Ausflug einen Strich durch die Rechnung. Feiner Sprühregen benetzte die Umgebung und hinterließ überall winzige Wassertropfen, die wie Perlen schimmerten.

Nachdem Ben ausgestiegen war, lief er durch die Feuchtigkeit zu dem kleinen Pfad, der zu dem Badeweiher führte. Niedrig gewachsene Eichen umgaben den Weg. Ihre knorrigen Äste neigten sich weit hinunter, so als wollten sie prüfen, wer dort zu ihrem See spazierte. Den Kragen seiner Weste schlug er hoch, den Blick senkte er zum moosigen Boden. Der kleine Weiher kam in Sicht, und Ben verharrte für einen Augenblick, schaute auf das Wasser. Sachte schwappten die Wellen an das sandige Ufer. Wind wehte durch die Eichenzweige, und das Schilfgras am anderen Ufer wiegte sich leicht hin und her.

Ben versank in Erinnerungen.

Wie oft hatten sie hier mit ihren Freunden am Weiher gesessen? Schon als Kinder nutzten sie dieses Gebiet als Abenteuerspielplatz. Später war es ein Treffpunkt für viele Aktivitäten. Vor seinem inneren Auge sah er Kristins flatternde blonde Zöpfe, hörte ihr ansteckendes Lachen, das immer über den ganzen See hallte.

Nun war sie fort, und er stand allein im Regen am Weiher und wagte sich kaum zum Wasser, weil er fürchtete, den Zauber der Vergangenheit zu brechen.

Kälte überfiel ihn, die wie Eis in seine Seele drang.

Immer wieder stiegen Tränen in ihm auf, die Ben jedes Mal unterdrückte und nicht an sich heran ließ. Eine Familie Wildgänse kam aus dem Wasser und steuerte neugierig auf ihn zu.

»Ich habe nichts«, flüsterte er.

Ein trauriges Lächeln legte sich auf sein Gesicht. Kristin hatte immer etwas altes Brot in ihrer Tasche gehabt. Ob die Gänse sich daran erinnerten? Ob sie wussten, dass Kristin zu ihm gehörte?

Schließlich lief er doch zum Strand und setzte sich in den nassen Sand, den man vor langer Zeit hier für die Kinder der Umgebung aufgeschüttet hatte. Die Gänse schnatterten und zupften am Gras, interessierten sich nicht mehr für ihn. Feine Regentropfen hüpften auf dem Wasser des Weihers und verzierten ihn mit allerlei Mustern.

Ben zog die Knie an, legte den Kopf darauf und versuchte, an gar nichts zu denken. Er ignorierte die Nässe, die durch seine Kleidung kroch und ihn frösteln ließ. Er wollte nur den Schmerz vertreiben, der in seiner Seele brannte.

Abschied

Kristins Wohnungstür wirkte so vertraut …

Ben blieb mit dem Schlüssel in der Hand davor stehen und stellte sich vor, dass Kristin jeden Moment öffnete und ihn mit ihrem einnehmenden Lachen hereinbat. Er schloss die Augen.

Ihr Haar duftete immer nach Pfirsich-Shampoo. In der Wohnung strahlte die Sonne durch die hohen Fenster und verwandelte die Räume mit den vielen Pflanzen in eine Oase. Die Wellensittiche zwitscherten, im CD-Player lief Celtic Music …

Abrupt riss sich Ben aus seinen Erinnerungen und schloss die Tür auf. Die Vögel lebten schon länger bei Mutter. Die Wohnung war so still wie nie zuvor. Apricotfarbene Vorhänge sperrten die Sonne aus, und die Erde der Blumen vertrocknete zusehends. Die Post legte Ben auf den Tisch, dann holte er eine Gießkanne. Kristin hätte nicht gewollt, dass er ihre Pflanzen eingehen ließ. Sorgsam goss er die Orchideen, Grünlilien und kleinen Palmen, die überall auf den Fensterbänken standen. Nächste Woche würden sie die Wohnung auflösen und Ben wusste, dass seine Mutter auch die Pflanzen auf Freunde und Verwandte verteilen würde.

War die Beerdigung wirklich schon drei Tage her? Den Verlust Kristins konnte Ben noch immer nicht fassen. Die Tage seit ihrem Tod erschienen ihm wie ein Albtraum. Es fühlte sich an, als hätte man ihm einen

Teil seiner Seele entrissen. Als Zwilling hatte Kristin von Mutterleib an zu ihm gehört. Er war nie lange von ihr getrennt gewesen, nur die Reisen nach Irland hatte er nicht mit ihr geteilt.

Nun fühlte sich alles anders an.

Mit einem Seufzen setzte er sich an den Tisch und sah die Papiere durch. Bei einem großen Umschlag stutzte er. War dies die Bestätigung für das Cottage? Für einen Moment saß er wieder mit Kristin in der Küche …

»Ben, es ist so wunderschön dort!«

»Du bist verrückt, Kleines!« Ben lachte leise.

»Bist du dann nicht im Krankenhaus? Da ist doch deine Chemo, oder?«

Kristin winkte ab.

»Ach, die hab ich dann hinter mir. Dann kann ich mich endlich erholen.«

Er beobachtete, wie sie sich unbewusst über den kahlen Kopf strich. In seiner Gegenwart brauchte sie keine Perücke.

»Sieh mal!«

Kristin hielt ihm einen Ausdruck hin. Auf dem Bild war ein kleines Cottage in Irland abgebildet. Eingefasst von einem roten Zaun und einer Hecke lag es hinter einem begrünten Vorgarten. Vor dem weiß gestrichenen Haus lud eine Bank zum Verweilen ein. Tür und Fensterrahmen waren ebenfalls rot lackiert und gaben dem Gebäude einen Farbtupfer.

»Ich würde sagen, das ist absolut klischeehaft. Genau so

würde ich mir wohl ein Haus in Irland vorstellen«, sagte er belustigt.

Kristin zog einen Schmollmund.

»Klischeehaft? Du bist doof, Ben.«

Er griff nach ihrer Hand. »Lass dich von deinem großen Bruder nicht ärgern.«

Sie grinste und schüttelte den Kopf. Er wusste, dass sie sich über den ›großen Bruder‹ amüsierte, denn eigentlich war sie zehn Minuten älter.

Trotzdem sagte sie nichts, da er einen halben Kopf größer war als sie.

»Und wo liegt dieses Häuschen?«

»In Farranfore, ganz in der Nähe vom Ring of Kerry«, antwortete Kristin. »Es ist auch gar nicht so weit vom Meer entfernt. Man ist mit dem Auto rasch an der Tralee Bay.«

Wahrscheinlich liegt es am Arsch der Welt, dachte er, doch er sagte nichts und genoss ihre Freude. Kristin goss ihnen Kaffee ein und erzählte ihm von der Umgebung. Sie fuhr nun das fünfte Mal dorthin. Bisher hatte es ihn nicht sonderlich interessiert, aber sie sprühte so vor Begeisterung. Sie schien wirklich eine irische Seele zu haben. Jedes Jahr zog es sie erneut auf die smaragdgrüne Insel. Und jedes Jahr wuchs ihre Liebe zu diesem Land.

Ein leises Schluchzen entrang sich ihm, und Ben unterdrückte rasch jedes Gefühl. Er ertrug es nicht. Kristin würde Irland nie wiedersehen. Ihr Wunsch, wieder nach Farranfore zu fahren, blieb unerfüllt. *Fahr du für mich*, hatte sie gesagt.

Er öffnete den Umschlag und fand wie erwartet die Bestätigung für das Haus, das sie für drei Wochen gebucht hatte. Plötzlich stutzte er.

Auf den Unterlagen stand *sein* Name.

Verwirrt las er die Papiere durch. Kristin hatte das Haus gar nicht für sich gebucht, sondern für ihn. Ein weiteres Mal blinzelte er die Tränen weg und versuchte, diese Erkenntnis zu verarbeiten. Sein Blick wanderte zu ihrer Kommode, auf der ein Brief mit seinem Namen lag. Bisher hatte er es nicht gewagt, ihn zu öffnen. Nun aber raffte er sich auf und nahm den Umschlag an sich. Es war kein Abschiedsbrief. Sie hatte ihm eine Route für Irland ausgearbeitet. Zu jeder Sehenswürdigkeit stand ein kleiner Tipp oder Spruch von ihr. Ben sog jedes Detail in sich auf, registrierte, wie viel Arbeit und Liebe sich in diesen Ausdrucken fand.

»So viel Urlaub bekomme ich nie«, murmelte er resigniert. Versuchen würde er es trotzdem.

Wenn das Kristins Wunsch gewesen war, dann würde er alles daran setzen, ihr wenigstens den zu erfüllen. Seine Hand fuhr zu dem kleinen Amulett, das er seit der Beerdigung trug. Eine Prise ihrer Asche befand sich darin verborgen. Er hatte sie unbemerkt der Urne entnehmen können. So würde er Kristin wenigstens auf eine gewisse Art mit nach Irland nehmen.

Als er an den morgigen Tag dachte, durchfuhr ihn ein unangenehmes Gefühl. Seinem Chef schien er nie gut genug zu sein, zu seinen Kollegen fand er auch keinen Zugang, und niemanden kümmerte es, dass er seine Schwester verloren hatte. Er hasste seine Firma, und sein Leben lag wie zersplittertes Glas vor ihm.

*

»Sie können keine drei Wochen Urlaub nehmen und schon gar nicht so kurzfristig. Was denken Sie sich?«

»Herr Gercke, ich habe seit fast 11 Monaten keinen Urlaub mehr gehabt und angesichts meiner Überstunden könnte ich wohl doppelt so viel Freizeit nehmen.«

Sein Chef schaute ihn mit gerunzelter Stirn an.

»Herr Evers, wenn Sie Ihr Pensum nicht schaffen und die Projekte liegen bleiben, ist das nicht mein Problem. Zudem kommt die fehlerhafte Programmierung von...«

Ben unterbrach seinen Vorgesetzten, und seine Stimme zitterte vor Aufregung.

»Ich hatte Ihnen von Anfang an gesagt, dass die Grundstruktur falsch ist und so nicht aufgebaut werden kann, aber Sie wollten nicht zuhören, und der Kunde hat darauf bestanden.«

»Dann hätten Sie den Kunden umstimmen müssen.«

»Das habe ich versucht!«

»Wann?«

»Bei den Verhandlungen.«

»Und wie?«

»Natürlich per Telefon.«

»Tja, wenn das Telefonat nicht aufgezeichnet wurde,

können wir das nicht beweisen, und der Kunde gibt uns die Schuld.«

Und ich muss es ausbaden!, dachte Ben erbost.

»Aber darum geht es hier doch gar nicht.«

Gercke lachte leise.

»Stimmt, es geht um Ihren wichtigen Urlaub.«

Der ironische Tonfall jagte Ben einen Schauer über die Haut.

»Es war der letzte Wunsch meiner Schwester, Herr Gercke. Bitte! Ich kann die Sachen auch mitnehmen und von dort weiterarbeiten.«

»Herr Evers, Ihre privaten Angelegenheiten interessieren mich nicht. Sie hatten die Ihnen zugestandenen Trauertage, jetzt reißen Sie sich zusammen und fahren mit der Arbeit fort. Der Wunsch Ihrer Schwester ist belanglos, sie ist tot und hat nichts mehr davon. Aber unser Kunde wartet.«

Ben starrte ihn fassungslos an. Für einen Augenblick war er wie gelähmt. Die Worte seines Arztes hallten in ihm nach: *Ben, wenn du so weiter machst, muss ich dich wegen eines Burnouts krankschreiben. Tritt etwas kürzer!*

Das war vor drei Monaten gewesen. Er hatte sich verantwortlich für das Projekt gefühlt, hatte es mit einem guten Gewissen beenden wollen. Also hatte er die Worte des Mediziners und mit ihnen auch den Schrei seiner Seele ignoriert. In diesem Augenblick jedoch brach etwas in ihm auf. Purer Zorn loderte wie eine Stichflamme in ihm empor.

»Sie sind ein gefühlloses Arschloch«, sagte er

ungewöhnlich ruhig, drehte sich um und verließ das Gebäude, in dem er seit fünf Jahren arbeitete.

Zu Hause starrte er in den Spiegel. Die grauen Augen seiner Schwester sahen ihm entgegen, und nur seine aufsteigenden Tränen brachten einen gewissen Glanz in sie. Ben tauchte den Kopf unter kaltes Wasser, hangelte nach einem Handtuch und trocknete sich das kurze blonde Haar. Das Handy klingelte. Er zog es aus der Hosentasche und warf einen Blick darauf. Es war sein Chef.

»Leck mich!«, zischte er.

Das Smartphone landete auf der Toilette, und Ben rutschte an der Wand entlang auf den Boden. Minutenlang regte er sich nicht. Seine Schwester hatte ihm stets aus diesen Tiefs wieder heraus geholfen, nun wäre er ihr am liebsten gefolgt. Unbewusst kratzte er mit seinem Daumennagel an der Innenseite seines Handgelenks. Erst als er Blut unter dem Nagel gewahrte, ließ er davon ab. Die zitternden Hände sanken in seinen Schoß.

Eigentlich hatte ich ja gedacht, dass du fährst, flüsterte seine Schwester in seiner Erinnerung. Das Bild des kleinen Cottage kam ihm in den Sinn. Seine Finger verkrampften sich um das Amulett, in dem sich ein winziger Teil von Kristin befand. Sie hatte zu ihm prophezeit. *Die Firma zerstört dich, Ben!* Wie oft hatte Kristin ihm das gesagt? Und er war zu feige gewesen, sein Leben neu auszurichten. Er ließ sich lieber quälen, statt einen Neuanfang zu wagen. Warum eigentlich?

Ben raffte sich auf und setzte sich ins Wohnzimmer auf das Sofa. Auch dieser Raum war mit Erinnerungen gefüllt. Kristin hatte mit ihm die Wände neu tapeziert, die Vorhänge genäht, die Couch mit ihm ausgesucht.

»Du hast sogar meinen Urlaub geplant.«

Ein Lächeln hellte sein trauriges Gesicht auf.

»Und dafür liebe ich dich, Kristin.«

Das erste Mal seit vier Jahren packte Ben sein Leben an und kämpfte für eine Veränderung. Er schrieb eine Kündigung und ließ sich von seinem Arzt krankschreiben.

Jetzt war erst einmal Ruhe angesagt.

Zu entfernten Küsten

Die Zeit verging trotz allem sehr rasch. Die Firma bewilligte eine verkürzte Kündigungsfrist, Ben half seinen Eltern dabei, Kristins letzte Angelegenheiten zu regeln – und er schlief. Nie zuvor hatte er so lange, so oft und so viel geschlafen wie in diesen zwei Wochen. Durch die Kündigung war ein Felsen von seinem Herzen gewälzt worden, und sein Körper forderte die Ruhe mit solcher Macht ein, dass Ben ihm nur nachgeben konnte. Er wusste, dass er durch seine Ersparnisse einige Zeit auskommen würde und verdrängte alle Überlegungen daran, eine neue Stelle zu suchen.

Noch nicht, sagte er sich.

Kurz vor seiner Abreise fragte er sich, ob er auch wirklich genug eingepackt hatte. In weiser Voraussicht befand sich Kleidung für jede Jahreszeit in seinen Koffern. Er konnte sich an Kristins Urlaubserzählungen lebhaft erinnern. Nun dachte er darüber nach, was ihn dazu bewog, in ein Land zu fahren, in dem Nebel, Regen und wechselhaftes Wetter zum Alltag gehörten. *Wenigstens haben sie gutes Bier.*

Ben belud sein Auto mit der letzten Tasche und schlug den Kofferraum zu. Mit gemischten Gefühlen drehte er sich zu seiner Mutter um.

»Meldest du dich, wenn du da bist, Ben?«

»Mach ich.« Er beugte sich vor und küsste sie auf die

Wange. Seine Mutter kramte etwas aus ihrer Tasche und gab es ihm. »Kristin hat ... Sie hat mir das für dich gegeben, bevor sie ... Du sollst es auf der Fahrt hören, wenn du magst.«

»Was ist das?«

»Eine CD.«

Kristins Geschenk lag seltsam schwer in seiner Hand. Ben wusste für einen Augenblick nicht, was er sagen sollte. Er warf seiner Mutter einen Blick zu. Sie blinzelte ihre Tränen fort und lächelte tapfer.

»Pass auf dich auf, Ben.«

Er nickte und stieg in seinen Wagen. Die CD legte er vorerst auf den Beifahrersitz und lenkte das Auto auf die Straße.

Sein Zuhause blieb zurück, und die Welt rauschte vier Stunden an ihm vorbei. Dann legte er die erste Rast ein. Der Kaffee in der Thermoskanne war glücklicherweise noch heiß genug, und er genoss die Sonne auf einer Bank am Rastplatz. In einer halben Stunde würde er den Eurotunnel erreichen und von dort den Autozug nach Folkestone nehmen. Damit wäre das erste Etappenziel der Reise erreicht und er bereits in England.

Ben hangelte nach den Schokoladenkeksen. Was hatte Kristin ihm wohl für Lieder gebrannt? *Sicher Irish Folk*, dachte er lächelnd. Er aß rasch seine Vesper auf und stieg wieder in den Wagen. In England würde er Kristins CD einlegen.

Die Fahrt mit dem Zug durch den Tunnel, der

Frankreich und England miteinander verband, verging rasch. Bei strömendem Regen kam Ben in Folkestone an. Wolken türmten sich vor ihm auf. Die Scheibenwischer konnten die Flut kaum bewältigen. Mit einem Schmunzeln legte er endlich Kristins CD ein. Sie beinhaltete verschiedene Songs unterschiedlicher Genres. Seine Schwester hatte ihn gut gekannt und ihm genau die richtige Musik mit auf den Weg gegeben. Es war zwar ein völlig anderer Stil, als der, den er sonst hörte, aber die Melodien gaben ihm das Gefühl, Kristin an seiner Seite zu haben.

Der Song »Distant Shore« von Órla Fallon erzählte von entfernten Küsten und von der Sehnsucht, sich eines Tages dort wiederzusehen. Von der Hoffnung, Frieden zu finden …

Er griff nach dem Amulett und hielt es für einen Moment fest umschlungen. Diese Fahrt war der erste Schritt in ein neues Leben – und auch wenn Kristin nicht mehr wirklich dazu gehörte, sie würde immer auf eine besondere Weise bei ihm sein.

Auf der Fähre nach Dublin schaute er gespannt den grünen Flächen Irlands entgegen. Die Stadt überwog bei der Aussicht, aber er erblickte auch nebelverhangene Hügel, die aussahen, als wollten sie sich vor ihm verbergen. Das Wetter besserte sich. Ein frischer Wind trieb die Wolken auseinander, und die Abendsonne erhellte die Hauptstadt Irlands. Doch das war nicht das, was Ben in diesem Augenblick berührte.

Die Wiesen, die man vom Schiff aus sehen konnte,

erstrahlten wie ein Smaragd. Der Nebel lichtete sich, und vereinzelte Sonnenstrahlen beschienen die verborgenen Täler. Dann bog das Schiff in den Fährhafen ein, und Ben wurde die Sicht darauf versperrt. Ein Lächeln blieb dennoch auf seinen Lippen.

Er hatte noch über drei Stunden Autofahrt vor sich. Doch Dublin machte es ihm nicht leicht. Überfüllte und mehrspurige Straßen mit unzähligen Kreisverkehren überlasteten sogar sein Navigationsprogramm, und er fuhr nach einiger Zeit frustriert in eine Seitenstraße. Erschöpft und hungrig lehnte er einen Moment den Kopf zurück und schloss die Augen.

Dann klopfte es, und er schreckte auf.

Eine ältere Frau lächelte ihm von draußen zu, und Ben öffnete das Seitenfenster.

»Haben Sie sich verfahren?«, fragte sie in einem Englisch mit leicht irischem Akzent.

Wegen seines Berufes verstand und sprach Ben fließend Englisch. Er seufzte und nickte.

»Verfahren ist gar kein Ausdruck. Ich habe eigentlich nur einen Schnellimbiss gesucht. Ich muss heute noch nach Farranfore.«

»Einen Schnellimbiss gibt es nicht, aber wenn Sie der Straße folgen und einen Parkplatz in der Nähe der Grünfläche finden, erwartet Sie ein netter kleiner Pub, der sicher etwas Leckeres für Sie hat.«

»Sie sind ein Engel! Vielen Dank.«

»Ach Junge, ich bin nur Irin«, antwortete sie mit einem Augenzwinkern. Ihm entschlüpfte ein leises

Lachen. Junge? Er war fast dreißig, und so hatte ihn schon lange niemand mehr genannt.

Die Frau winkte noch einmal und verschwand dann in einer kleinen Boutique. Ben fand tatsächlich den Parkplatz und auch den Pub. Er öffnete die schwere Tür und schaute auf eine behagliche Einrichtung aus dunklem Eichenholz. Fotos von einer irischen Fußballmannschaft prangten über der Theke, die Stühle und Hocker waren mit rotem Stoff überzogen, und tiefe Balken gaben dem Raum etwas Gemütliches. Es waren schon einige Gäste im Pub, die leise miteinander redeten. Irische Musik fiedelte aus einem Lautsprecher. Der Wirt polierte einige Gläser, sah aber bei Bens Eintreten auf.

Er setzte sich an einen Tisch und griff nach der Speisekarte. Als der Wirt nicht kam, ging er zur Theke und bestellte ein alkoholfreies Bier und ein Steak. Ihm fiel ein, dass Kristin erzählt hatte, es gäbe in den Pubs für gewöhnlich keine Tischbedienung. Trotzdem brachte der Wirt ihm seine Mahlzeit.

Später saß er satt und müde am Tisch und erwog, genau hier einzuschlafen. Die Augen fielen ihm nach der langen Fahrt immer wieder zu, und er wirkte wie ein Betrunkener. Sollte er heute wirklich noch weiterfahren? Es war schon nach neun. Vielleicht sollte er die Nacht doch lieber im Auto schlafen.

Ein Fremder setzte sich an seinen Tisch. Ben sah verwundert auf. Der Mann musste Mitte fünfzig sein, trug dichtes gewelltes Haar und viel zu lange

Koteletten.

»Sind Sie auf der Durchreise?«, fragte er Ben freundlich.

»Ja, ich komme mit dem Auto aus Deutschland und möchte in den Südwesten fahren.«

»Da haben Sie eine weite Strecke hinter sich gebracht – und noch einiges vor sich.«

Ben fuhr sich durch das Gesicht.

»Ich glaube, im Moment wäre mir tatsächlich ein Bett lieber.«

»Das dachte ich mir. Man sieht es Ihnen an. Meine Schwester hat zwei Straßen weiter eine kleine Bed & Breakfast Pension. Wollen Sie nicht lieber über Nacht in Dublin bleiben?«

Konnten die Iren Gedanken lesen?

»Sie schickt wahrlich der Himmel«, seufzte er.

Der Mann lachte heiser.

»Wenn Sie es sagen. Ich heiße Phil Gallagher.«

Die dargebotene Hand nahm Ben gerne entgegen. »Ben Evers.«

»Wo genau kommen Sie her?«

»Aus dem Ruhrgebiet.«

»Ah, das sagt mir was. Meine Nichte kennt dort eine junge Frau, die oft Urlaub bei uns in der Nähe macht.«

Zwischen den beiden Männern entspann sich ein nettes Gespräch, und Ben wunderte sich immer mehr, dass er hier so zwanglos mit Fremden umgehen konnte. Aber die Iren machten es ihm auch leicht.

Nachdem sie beim Wirt bezahlt hatten, brachte Phil

ihn in eine bescheidene Pension. Obwohl die Zimmer hellhörig waren und es für die Gäste nur ein Badezimmer gab, fühlte sich Ben sehr zuhause. Über dem Reihenhaus lag eine Aura der Ruhe, die er als sehr angenehm empfand. Er schrieb seinen Eltern rasch eine SMS, dass er gut in Irland angekommen sei und in Dublin übernachten würde. Sie sollten sich nicht um ihn sorgen.

Trotz der leisen Gespräche im Nebenraum, die er notgedrungen mit anhören musste, und der vorbeifahrenden Autos schlief er binnen Minuten ein und erwachte erst, als die Sonne durch das kleine Fenster schien. Blinzelnd öffnete er die Lider, schaute sich einen Augenblick verwirrt um. Dann realisierte er, wo er sich befand und ließ sich auf die weiche Matratze zurückfallen.

Ein Lachen hallte über den Flur, und er horchte neugierig auf. War das Phil? Es hörte sich so an. Ben raffte sich auf und schlenderte zum Bad, doch das war besetzt. Er hörte das Rauschen der Dusche.

»Hier ist noch eine Gästetoilette.«

Ben drehte sich um, und als ihm bewusst wurde, dass er im Schlafanzug vor einer Fremden stand, fühlte er sich unbehaglich.

Die Inhaberin der Pension, die mit einem Staublappen vor ihm stand, wirkte jedoch so ungezwungen, dass sich dieses Gefühl ebenso rasch wieder verflüchtigte. Die Frau öffnete ihm die entsprechende Tür und schenkte ihm ein Lächeln. Mit einem Dank verschwand Ben in dem winzigen Bad. Im Moment brauchte er nur eine Toilette, alles andere konnte warten.

Später saß er in einem gemütlichen Frühstücksraum und aß zum ersten Mal die typisch irische Morgenmahlzeit, die ihn allerdings eher an ein fettiges Mittagessen erinnerte.

Du lieber Himmel, was hat Kristin hier morgens zu sich genommen?, fragte er sich und dachte daran, dass seine Schwester immer Honig auf Toast bevorzugt hatte. Er aber ließ sich dieses deftige Frühstück schmecken und probierte sogar den Black Pudding.

Phil Gallagher traf er nicht mehr. Ben bedauerte das. Der Mann wirkte so vertraut auf ihn. Er hätte sich gerne für dessen Freundlichkeit von gestern bedankt und verabschiedet.

Auf dem Weg nach Farranfore verdichteten sich die Wolken und verdüsterten die Landschaft. Wind kam auf und Ben schätzte, dass der vom Meer kam. Als er das Fenster herunterfuhr, schmeckte er die salzige Luft der See. Ein Regenguss kam so heftig, dass er binnen Minuten völlig die Sicht auf die Straße verlor.

»Verflixt, als ob der Linksverkehr nicht schon genug Probleme macht«, murrte er.

Sturmböen griffen nach seinem Wagen, und Ben konnte das Fahrzeug kaum in der Spur halten. Als sein Handy auch noch das GPS verlor und er nur noch anhand der Beschilderung weiterkam, verlor er zuweilen die Orientierung. Der Sturm peitschte über die Hügel und fegte Äste von Sträuchern auf die Straßen. Bei Castleisland fiel es Ben schwer, die richtige Abzweigung zu finden, und er bog Richtung Tralee ab. Viel zu spät bemerkte er, dass dies ein Fehler war, denn hier fand er keine Verbindung mehr nach Farranfore.

Immer noch wütete das Wetter. Die Wolken hingen so dicht über der Erde, dass sie die Hügel zu verschlingen drohten. Mittlerweile fuhr Ben nur noch im Schritttempo, kein anderes Auto schien unterwegs zu sein.

Doch so rasch, wie das Unwetter gekommen war, verschwand es auch wieder. Ben blickte ungläubig auf vereinzelte Sonnenstrahlen, die sich bereits ihren Weg durch die graue Wolkenwand suchten. Dann blitzte am südwestlichen Horizont etwas Blaues hervor. *Das Meer?* Auf Kristins CD sang die Sängerin Órla Fallon wieder von entfernten Küsten …

Ben wollte sehen, wie der Wind die Wellen an den Strand schlug. Er wollte von Irland aus auf den Nordatlantik schauen! Spontan bog er in einen Weg, der augenscheinlich zum Strand führte. Das bereute er allerdings recht schnell, denn Schlaglöcher und Schlammpfützen machten ein Fortkommen bald unmöglich. Der Wagen holperte noch ein Stück weiter und blieb dann stecken. Die Reifen drehten durch, und Ben schaltete genervt die Zündung ab.

»Na, das klappt ja alles ganz prima.«

Dem Wetter traute Ben nicht so recht, deshalb wartete er noch ab, bis er schließlich ausstieg.

Klare Luft wehte ihm entgegen. Sie brachte den Geruch nach Meer, Torf und feuchten Wiesen mit sich. Für einen Moment schloss Ben die Augen, sog die Düfte in sich ein. Trotz des Unwetters fühlten sich die Temperaturen mild an. Leises Blöken tönte über die grasbewachsene Fläche. Ein paar Schafe, die Schutz vor dem Regen gesucht hatten, trotteten in seine Richtung. Ben blickte sich um. Von seiner Position aus konnte er bereits einen Zipfel des Meeres sehen. Links von ihm erhob sich ein erdfarbener Hügel.

Er ließ sein Fahrzeug zurück und ging die schlammige Straße hinab. Sie endete an einer breiteren Fläche, von der Ben vermutete, dass man auf ihr bei normalem Wetter sein Auto abstellen konnte. Dieser Parkplatz ging in einen Pfad über, der durch kurzes Gras verlief. Je näher Ben dem Meer kam, desto mehr Sand befand sich zwischen den Halmen. Und dann bot sich ihm ein wunderschöner Ausblick.

Wie dunkle Tinte schwappte der Atlantik an den Strand, weiße Schaumkronen trieben auf der Oberfläche. Die Wolkendecke riss auf, und die Sonne warf glitzernde Schemen auf das bewegte Wasser, tauchte die Umgebung in einen goldenen Schein. Am Strand selbst hob ein helles Pferd aufmerksam den Kopf in seine Richtung. Es lief allein durch die Brandung. Verwundert sah sich Ben um.

Nein, nicht allein, dachte er.

Einige hundert Meter weiter sah er eine schlanke Gestalt mit flatterndem Haar. Suchend blickte sie auf den Sand, hob von Zeit zu Zeit etwas auf und trug es zurück ins Meer.

Dies also war jene Küste, die Kristin so geliebt hatte. Ben erinnerte sich an »Distant Shore«, das Lied, das Kristin an den Anfang ihrer CD gesetzt hatte. *Wenn du von mir träumst, träume, dass wir uns sehen werden an diesem fernen Strand*, hieß es darin.

Er wünschte sich nichts sehnlicher, als Kristin hier zu treffen, doch das würde ein unerfüllter Traum bleiben.

Seesterne

Hanna schaute zu ihrer Stute Bríd hinüber. Sie tänzelte in den vorderen Wellen und tollte am Strand wie ein Hund. Belustigt beobachtete sie ihr Pferd, dann fiel ihr Blick wieder auf einen der Seesterne, die verloren im Sand lagen. Behutsam hob sie ihn auf und brachte ihn zurück in das sichere Wasser. Ein Wiehern ließ sie aufhorchen.

War da jemand?

Oben in den Dünen stand ein junger Mann und schaute auf sie herab. Wie lange mochte er schon dort gestanden haben? Hatte er sich im Unwetter verlaufen? Sie selbst war noch nicht lange hier, war durch den Regen hierher geritten, um die Seesterne zu retten, die oft nach einem Sturm an den Strand gespült wurden. Ihr Onkel lachte immer über ihre Eigenarten, doch Hanna kümmerte sich nicht darum.

Das Blöken der Schafe drang bis zum Strand herunter, und sie fragte sich, ob Cormacs Tiere schon wieder ausgebüchst waren.

Der Unbekannte lief den kleinen Pfad hinab und ging auf Bríd zu. Sein blondes Haar war windumtost, und er suchte fragend ihren Blick. Um ihm zu verdeutlichen, dass er ruhig zu ihrem Pferd gehen könne, nickte Hanna ihm zu.

Unsicher näherte er sich Bríd. Die Stute schnupperte neugierig an seiner Jacke. Vorsichtig streichelte er ihr über die Nüstern. Bríd senkte den Kopf und schubberte sich an ihm, so kräftig, dass der Fremde zurückstolperte. Hanna grinste.

Ihr Border Collie Charly kam mit hängender Zunge aus den Dünen gepprescht und raste ins Wasser. Belustigt schüttelte Hanna über ihre Tiere den Kopf. Ihr Onkel sagte immer, sie seien genauso verrückt wie sie.

Suchend schaute Hanna in das angespülte Treibgut. Ein Lächeln huschte über ihr Gesicht. Sie entdeckte einen winzig kleinen Seestern. Er hatte die Größe ihres Daumennagels. Behutsam hob sie ihn in ihre Handfläche und betrachtete das kleine Meereswesen, das ohne ihre Hilfe schutzlos im Sand vertrocknen würde.

»Hier ist noch einer«, sagte der Fremde, der plötzlich neben ihr stand. Sie hatte ihn nicht bemerkt. Neugierig schaute Hanna ihn an. Er sah gut aus mit dem kurzen Haar, das vom Wind ein wenig abstand, und den grauen Augen, die einen melancholischen Zug seines Wesens vermuten ließen.

»Danke.«

Sie nahm ihm vorsichtig den Seestern ab. Ohne sich weiter um ihn zu kümmern, ging sie zum Wasser, watete in die Wellen und brachte die beiden Tiere in ihren gewohnten Lebensraum.

»Können sie nicht selbst zurück krabbeln?«, fragte der Fremde.

Hanna drehte sich zu ihm um. Eine Welle schwappte hoch, so dass ihre Hose vom Meer umspült wurde. Sie schüttelte den Kopf.

»Sie würden vertrocknen und sterben.«

»Das wusste ich nicht.«

Bríd trabte zu ihnen.

»Vorsicht! Sie wirft dich sonst um.«

Der Mann drehte sich um und konnte dem Pferd gerade noch ausweichen. Hanna zuckte mit den Schultern.

»Sie ist ein freches Biest.«

Sie fasste nach den Zügeln, zog Bríd zärtlich zu sich heran und küsste das Pferd auf die Nüstern.

»Ich heiße Ben.«

Charly stürmte heran und begrüßte ihn, als würde er Ben bereits kennen. Dieser ignorierte die schmutzigen Sandpfoten, und er streichelte den Border Collie ausgiebig.

»Ich bin Hanna. Hast du dich verlaufen?«

»Eher verfahren. Mein Auto steckt oben im Schlamm fest.«

Hanna lachte auf. »Dann hast du jetzt ein weiteres Problem. Cormacs Schafe lieben Autos.«

Ben entgleisten die Gesichtszüge.

»Ich verstehe nicht. Werden sie den Wagen …«

Sie winkte ab. »Sie machen nichts kaputt, keine Sorge. Aber sie belagern parkende Autos.«

»Oh, okay. Dann … dann werde ich sie wohl vertreiben müssen.«

Hanna konnte sich ein Grinsen nicht verkneifen.

»Viel Erfolg.«

Die sturen Viecher reagierten nur auf gälische

Zurufe, und Charly würde mit ihnen weitaus besser zurecht kommen. Hanna beugte sich hinab und holte eine wunderschöne Muschel aus dem Sand. Aus einem Impuls heraus gab sie ihm das Meereskleinod. »Vielleicht bringt sie dir Glück.«

Verdutzt nahm Ben die Muschel entgegen. Hanna schenkte ihm ein kleines Lächeln, rief Charly zu sich und wanderte weiter den Strand entlang. Warum wirkte er so verloren? In seinem Blick lag eine Sehnsucht, die sie nicht deuten konnte. Und Trauer. Sie sah sich zu ihm um. Er betrachtete die Muschel und schaute ihr dann verunsichert nach. Ihr Herz machte einen Satz, als sie ihn auf diese Weise zurückließ.

*

Ben starrte auf die Muschel, die Hanna ihm gegeben hatte. Das Innere schillerte in der Sonne und schien irgendeinen Zauber zu bergen. Die Oberfläche erstrahlte in klarem Weiß und war glatt geschliffen. Er sah auf. Hannas Haar schlang sich wie kupfergoldene Algen um ihre schmale Gestalt. Die Augen schimmerten blaugrün wie das Meer.

Abrupt löste sie den Blick, rief ihren Hund zu sich und schlenderte davon. Nur einmal sah sie sich mit einem seltsamen Ausdruck um.

Wie schon Phil Gallagher barg diese Frau für ihn eine Vertrautheit, die er tief in der Seele spürte, aber nicht einzuordnen wusste. Er lächelte versonnen. Kristin hatte Recht. Auf diesem Land lag ein Zauber, und der wurde von den Menschen verströmt, die hier lebten.

Mit der Muschel in seiner Hand ging er den Pfad zurück zu den Dünen. Nur einmal stockte er. Hanna hatte einen Seestern übersehen. Das Tier verharrte bewegungslos im Sand und wartete auf den sicheren Tod. Ben steckte die Muschel in die Hosentasche und hob den Seestern auf. Ob er noch lebte?

Hanna verschwand hinter einer Biegung und konnte ihm diese Frage nicht beantworten. Schulterzuckend trug Ben ihn bis zu einem Felsen im Meer. Dort setzte er ihn ins Wasser. Der Seestern hob einen seiner fünf Arme, und Ben lächelte zufrieden. Wie hatte Kristin sie früher genannt?

Sterne der See.

Ein Haus in Irland

Als Ben zu seinem Fahrzeug kam, bestätigten sich Hannas Worte. Fünf Schafe belagerten sein Auto und machten keinerlei Anstalten zu verschwinden. Auch als er mit den Armen wedelte und sie mit Rufen vertreiben wollte, blieben sie vor dem Wagen liegen, schauten ihn mit arglosem Blick an und kauten seelenruhig weiter. Ben stieg über eines der sturen Tiere und versuchte einzusteigen, was ihm nur mühsam gelang. Er zündete den Motor, ließ ihn aufheulen, hupte, doch die Schafe beeindruckte das nicht im Geringsten. Er fluchte, stieg wieder aus, drängte sich durch die wolligen Viecher und setzte sich resigniert auf einen Felsen. *Ob sie irgendwann von allein verschwinden?* Gespannt beobachtete Ben jede ihrer Bewegungen.

»Sie gehen nicht«, murmelte er ratlos.

Plötzlich sprang ihn jemand von hinten an und Ben erschrak. Es war Charly. War vielleicht auch Hanna hier? Ben streichelte den Hund und suchte die Umgebung ab. Die junge Frau kam auf Bríd heran geritten und rief einige scharfe Befehle, die Ben nicht verstand. War das Gälisch? Die Schafe wurden unruhig und erhoben sich. Dann scheuchte Charly sie bellend vor sich her, und sie gehorchten dem Border Collie, liefen blökend über die Grasfläche.

Ohne Sattel saß Hanna auf der Stute und schaute mit einem Lächeln auf ihn herab.

»Danke!«, rief Ben ihr zu.

Sie nickte nur, wendete das Pferd und ritt den Schafen hinterher. Ihr Haar wehte und flatterte wie eine Fahne hinter ihr.

Ben rupfte einige harte Gräser der Dünen ab und polsterte damit die Schlammpfütze aus, in der die Reifen feststeckten. Nach einigem Hin und Her konnte er das Auto endlich befreien und fuhr mithilfe einer Straßenkarte nach Farranfore.

Das kleine Cottage schmiegte sich in die Landschaft und wirkte wie aus einem Märchen. Der rot lackierte Zaun umkränzte Haus und Vorgarten. Die Bank, die auch auf den Fotos zu sehen war, stand neben der Haustür. Ben dachte daran, dass er von dort sicher die Sterne würde beobachten können. Die Witterung hatte das Weiß der Mauern abgeschwächt, so dass sie sich perfekt in die Gegend einfügten. Er parkte den Wagen und sah sich um. Niedrig gewachsene Bäume, weite Wiesen und Hügel. Über dem Ort lag etwas Friedvolles. Ein Mann kam den Weg herauf.

»Hallo Mr. Evers.«

Er reichte Ben die Hand.

»Pat Kennedy. Herzlich willkommen in Hannah's Cottage."

Hannah's Cottage? Das klang wie ein Wink des Schicksals. Würde er Hanna wohl wiedersehen?

Pat reichte ihm den Schlüssel zum Haus.

»Es tut mir aufrichtig leid wegen Ihrer Schwester. Wir mochten sie hier sehr.«

Ben hatte zuvor mit dem Mann telefoniert und

schluckte nun schwer.

»Danke«, presste er hervor.

»Wenn Sie Hilfe oder Tipps brauchen, ich wohne nebenan. Falls Sie Interesse haben, ich organisiere auch gerne eine Tour für Sie.«

»Meine Schwester hat mir einiges zusammen gestellt, was ich mir gerne ansehen möchte, aber vielen Dank für das Angebot.«

Pat nickte und legte einen Moment tröstend die Hand auf Bens Unterarm. Dann ließ er ihn allein und machte sich mit bedächtigen Schritten wieder auf den Weg.

Das Innere des Cottage versetzte Ben in eine andere Zeit. Hier schienen die Uhren stehen geblieben zu sein. Die Möbel waren aus dunklem Holz gefertigt, die Wände in warmen Farben gestrichen. Die Einrichtung stand so sehr im Gegensatz zu seiner eigenen modernen Wohnung, dass sie ihn für einen Augenblick leicht abschreckte. Doch vielleicht konnte diese so ganz andere Atmosphäre ihn ein wenig zur Ruhe kommen lassen. Mit den Fingerspitzen strich Ben über die altmodische Küchenzeile, sah zum hellen Fenster, an dem sich Tisch und Stühle befanden. Er stellte sich vor, wie Kristin dort saß und auf die Hügel und Bäume schaute. Ja, er begriff langsam, wie sehr sie dies alles hier geliebt hatte.

Ohne besondere Eile packte er seine Sachen aus und genoss die Ruhe, die an diesem Ort vorherrschte. Das

Wetter wandelte sich erneut, und feiner Regen fiel für kurze Zeit auf das Land. Am Nachmittag stieg Nebel von den Wiesen auf. Ben zog sich seinen Parka an und trotzte dem Wetter. Tief in sich hörte er Kristins Stimme.

Glaub mir, wenn der Nebel über den Wiesen schwebt, bist du wie in einer anderen Welt.

Dies hier war tatsächlich so anders als alles, was er zuvor gesehen hatte, und es berührte ihn im Innern auf eine besondere Weise. Pat fand ihn später durchnässt auf einem einsamen Felsen.

»Vielleicht kommen Sie nachher in den Pub? Ich treffe mich mit einigen Freunden in Killarney.«

Ben schaute zu ihm auf. Der Mann hatte Recht. Er wollte wieder unter Leute!

»Okay … ich komme mit.«

*

Ben wurde von Pat in einen überfüllten Pub geführt und blieb zuerst unsicher stehen. Lachen und laute Stimmen hallten zu ihm herüber. Ein Mann stimmte seine Geige und ein anderer grölte laut durch den Pub. Sein Vermieter klopfte Ben aufmunternd auf die Schulter und schlängelte sich zu einem Tisch durch. Plötzlich wurde es still.

Eine Gitarre zupfte zarte Töne an, und ein Mann begann zu singen. Ben sah sich um. Sein Blick fiel auf lange kupferblonde Haare. Zu seiner Überraschung sah ihn Hanna an, schenkte ihm ein Lächeln und übernahm die zweite Strophe der Ballade. Sie war hier!

Sein Herz machte einen regelrechten Hüpfer und Gänsehaut überzog seine Haut, als Hannas sanfte Stimme den Raum erfüllte. Langsam näherte er sich dem Tisch, an dem eine weitere Überraschung auf ihn wartete. Dort saß Phil Gallagher aus Dublin. Verwirrt blieb Ben stehen, doch Phil hatte ihn bereits gesehen.

»Ben! Du hast uns also gefunden.«

Phil kam zu ihm und zog ihn zu seinem Tisch neben Hanna, die ihr Lied gerade beendete.

»Warum bist du nicht in Dublin?«, fragte Ben überrascht. Phil grinste.

»Weil ich hier wohne. Drüben in der Nähe von Castleisland. In Dublin habe ich nur meine Schwester besucht.«

»Ach so!« Ben lachte auf.

»Und das ist meine Nichte Hanna.«

»Wir kennen uns, Onkel Phil.«

Ben sagte nichts, aber Phil hob die buschigen Augenbrauen. »So? Wie denn das?«

»Ich hatte mich verfahren und kam bei der Tralee Bay heraus«, mischte sich Ben ein. »Und Hanna war auch dort. Sie hat mich vor einigen Schafen gerettet.« Phil grunzte belustigt.

»Sind Cormacs Viecher wieder ausgerissen?«, wandte er sich an seine Nichte. Mit Genuss löffelte Hanna die Sahne von ihrem Getränk und nickte. Ben nahm an, dass es ein Irish Coffee war.

»Was möchtest du, Junge? Ein Guinness?«

»Ja, das wäre nett.«

Bens Augen wanderten sofort wieder zurück zu Hanna. Sie strich ihr Haar hinter das Ohr, und Ben sah feine Sommersprossen auf ihrer Haut. Als sich ihre Blicke begegneten, versank er für einen Moment in ihrer meerfarbenen Iris.

Phil zerstörte diesen Zauber mit einem Glas dunklen Bieres, das er vor Ben hinstellte. An diesem Abend vergaß Ben seine Traurigkeit und blühte unter diesen freundlichen Menschen auf. Er probierte drei verschiedene Biere, ließ sich zu einigen Gläsern Whiskey überreden und sang schließlich sogar den Refrain eines Liedes mit, das er kannte. Hanna blieb geheimnisvoll, aber nicht unnahbar. Sehr viel später brachte Phil ihn in sein Cottage zurück, wo er betrunken ins Bett fiel.

Sein letzter Gedanke, bevor er in einen tiefen Schlaf glitt, galt Hanna.

Ring of Beara

Am nächsten Morgen wachte Ben mit furchtbaren Kopfschmerzen auf. Er konnte sich nicht an alles erinnern, nur dass er Hanna angehimmelt, dabei zu viel Alkohol getrunken und sich mit seinem schiefen Gesang sicher völlig blamiert hatte. Aber er raffte sich mit einem Lächeln auf und schaute aus dem Fenster. Die Sonne schien warm auf Farranfores Hügel. Ben warf einen Blick auf die antike Uhr.

Es war schon fast Mittag.

Einen Kaffee und eine Schmerztablette später ging es ihm schon erheblich besser, und er wagte sich barfuß in den Vorgarten. Wie er es von Anfang an gewollt hatte, setzte er sich auf die Bank neben der Haustür und schloss die Augen. Vögel zwitscherten in den Bäumen, eine Biene summte an ihm vorbei, und der Wind flüsterte in den Zweigen. Dann runzelte er die Stirn.

Hufgetrappel?

Als er die Lider öffnete, stand Hanna mit ihrer Stute Bríd vor dem Haus. Das Pferd schnaubte leise und schüttelte den Kopf, als sie herunterglitt. Wieder war sie ohne Sattel geritten. Hanna streifte Bríd die Trense ab, und mit einem sanften Klaps gab sie das Tier frei. Es trottete zu einigen hochgewachsenen Kräutern. Hanna lächelte und kam durch das Gartentor.

»Ich hatte mir gedacht, dass du noch nicht zum Einkaufen gekommen bist.«

Sie hielt eine Tasche hoch.

Bens Herz schlug viel zu heftig und ihm fehlten die Worte. »Wow, das ... das ist toll. Danke.«

Wie selbstverständlich ging Hanna zum großen Gartentisch und den dazu gehörenden Bänken. Ben beeilte sich derweil, das Geschirr aus der Küche zu holen.

»Ihr Deutschen mögt doch lieber kontinentales Frühstück, oder?«

Ben zuckte mit den Achseln.

»Ich mag beides. Meine Schwester mochte morgens nur Honig.«

Sie horchte auf. »Honig?« Sie holte aus ihrer Tasche ein Glas davon hervor.

»Wir reden hier aber nicht von Kristin, oder?«

Ein flammendes Gefühl durchfuhr Ben.

»Du ... kanntest sie?«

»Kanntest?«, hakte Hanna nach. »Kommt sie ... dieses Jahr nicht?«

Am liebsten wäre er in diesem Moment weggelaufen, aber er schüttelte nur langsam den Kopf. »Was ist passiert?«, fragte Hanna mit einem alarmierten Gesichtsausdruck.

Ben wich ihrem Blick aus und starrte stattdessen auf einige Sträucher.

»Kristin hat es nicht geschafft.«

»Ich verstehe nicht, Ben.«

Seine Schwester schien hier nichts von ihrer Krankheit erzählt zu haben. Unsicher sah er auf.

»Sie ... sie hatte Krebs.«

Jegliche Farbe wich aus Hannas Gesicht, sie war sprachlos. Schweigen herrschte zwischen ihnen, und Ben beobachtete, wie Hanna den Kopf senkte und sich auf die Unterlippe biss. Dann suchte sie seinen Blick. »Das tut mir leid«, hauchte sie.

Er schluckte schwer und nickte nur.

Ohne noch etwas zu sagen reichte sie ihm eine Scheibe von dem noch warmen Brot, strich sich den Honig auf, den Kristin so geliebt hatte, und schob ihm das Glas zu. Mit einem traurigen Lächeln nahm er von der süßen Masse und stellte sich vor, wie Kristin hier beim Frühstück gesessen hatte.

»Sie hat diesen Ort sehr geliebt«, sagte Ben leise.

»Ich weiß. Und sie hat mir von dir erzählt.«

»Tatsächlich?«

»Kristin sagte, wegen unseres Wetters würde sie dich niemals nach Irland kriegen«, antwortete Hanna leise.

»Sie hat diese Reise vor ihrem Tod heimlich für mich gebucht«, gab Ben zu.

»Das passt zu ihr.«

»Wo hast du sie kennengelernt?«, wollte er noch wissen.

»In dem Pub, wo wir gestern waren. Sie saß allein an der Bar und schaute so versonnen zu Onkel Phil, der Gitarre spielte. Ich lud sie an unseren Tisch ein.«

Ben versuchte, sich Kristin und Hanna zusammen vorzustellen und schwieg.

»Du bist also ein Sonnenanbeter?«, wechselte Hanna das Thema. Nur zu gerne ließ sich Ben ablenken. Er sah an Hannas Ausdruck, dass sie dies auch bewusst beabsichtigte.

»Ich ändere gerade meine Meinung dazu.«

»Ich war hier noch nie fort, will es auch nicht.«

Still aßen sie ihr Frühstück und sahen zu, wie sich die Sonnenstrahlen langsam einen Weg über die Wiese im Vorgarten suchten.

»Woher weißt du eigentlich, wo ich wohne?«

Hanna grinste keck.

»Von Phil und der weiß es von Pat. Hier bleibt nichts geheim. Was hast du heute eigentlich vor?«

»Nüchtern werden«, antwortete Ben ehrlich und entlockte Hanna ein amüsiertes Schnauben.

»Und mir die Touren ansehen, die Kristin für mich herausgesucht hat.«

»Sie hat dir einen Plan ausgearbeitet?«

»Ein bisschen schon. Sie möchte … Sie wollte mir wohl ihre Lieblingsplätze zeigen.«

»Darf ich ihn sehen?«

»Ja, sicher, ich hole ihn.«

Sie schüttelte den Kopf.

»Besser drinnen. Es regnet gleich.«

Der Himmel zog sich zwar ein wenig zu, aber Ben sah nichts, was Hannas Behauptung hätte bekräftigen können. Sie spürte wohl seine Zweifel.

»Glaub mir einfach«, betonte sie mit einem amüsierten Funkeln im Blick. Nur eine Viertelstunde später saßen sie im gemütlichen Cottage und sahen zu, wie der Regen gegen das Fenster prasselte. Bríd hatte sich unter einige Bäume verzogen und graste ruhig.

»Macht ihr das Wetter nichts aus?«

Hanna schaute zu ihrem Apfelschimmel.

»Sie ist fast immer draußen auf der Weide. Regen juckt sie nicht. Zeig mir mal Kristins Unterlagen.«

Über zwei Stunden sahen sie sich die Routen seiner Schwester an, sprachen darüber und überlegten, was Ben am besten zuerst unternahm. Auch lenkte Hanna erneut das Gespräch auf Kristin, und Ben wagte es endlich, über ihren Tod zu sprechen.

»Ich verfluche die Cafeteria noch heute, dass sie mich so lange aufgehalten hat. Ich hätte bei ihr sein müssen!«, endete er.

Hanna presste die Lippen aufeinander, dann sah sie auf. »Ist dir nie in den Sinn gekommen, dass Kristin dich mit Absicht fortgeschickt haben könnte, um in Ruhe zu gehen?«

»Wie meinst du das?«

»Ich habe mal gehört, dass viele Sterbende warten, bis die Angehörigen fort sind«, sagte Hanna behutsam, »weil diese noch zu sehr an ihnen festhalten und ein Weitergehen dadurch sehr schwer ist.«

Darüber dachte Ben nach. Er erinnerte sich an Kristins friedvolles Gesicht. Vielleicht hatte Hanna Recht? Unerwartet erhob diese sich.

»Ich muss jetzt zurück, Ben. Bríd stampft Pat sonst den Garten platt, und Charly braucht um diese Uhrzeit ein wenig Unterstützung mit Onkel Phils Schafen.«

Überrascht nahm Ben zur Kenntnis, dass es bereits

später Nachmittag war. War Hanna wirklich schon so lange hier?

»Ich danke dir, Hanna.«

Sie lächelte nur sanft, und eine Strähne ihres kupferfarbenen Haares fiel in ihr Gesicht. Sie strich sie nicht fort.

»Soll ich dir morgen den Ring of Beara zeigen?«

»Das würde mich sehr freuen.«

Mit einem lauten Pfiff rief Hanna Bríd zu sich und zog sich geschmeidig auf das Pferd. Ben schaute ihr nach, bis die Schatten eines Hügels ihre Silhouette verschluckten.

Als es dämmerte, setzte sich Ben auf die Bank und wartete darauf, dass die Sterne erschienen. Zuerst blitzten nur einige entfernte Punkte am Himmel auf. Dann wurde der Horizont von der dunkelsten Schwärze überzogen, die Ben je gesehen hatte, und kurz darauf sah er die Sterne so klar wie nie zuvor. Wie geheime Welten lagen sie auf dem ausgebreiteten Schleier des Alls vor ihm. Seine Hand strich sachte über das Amulett mit Kristins Asche.

»Du wusstest genau, dass ich hier Frieden finden würde, nicht wahr?«, flüsterte er ihr zu, in der Hoffnung, dass sie ihn irgendwo hören konnte. »Du wusstest sowieso immer viel besser, was gut für mich ist.«

Er lehnte den Kopf an die Mauer hinter ihm und lauschte den Lauten der Tiere, die leise über die Wiesen und Felder hallten. Hier war ein Gefühl von Zuhause, und er sog es in sich auf, würde diese Empfindung nie wieder loslassen.

*

Hanna steuerte den alten Jeep über die schmale Holperstrecke und bog bei Glengarriff in die offizielle Straße ein, die um den Ring of Beara führte. Ben genoss ihre Gegenwart und die Tatsache, dass er nicht fahren musste. Mit seinem deutschen Fahrzeug war der Linksverkehr wesentlich schwerer zu handhaben, und Hanna betonte, dass er sich ja auch lieber die Gegend ansehen solle.

Sie fuhren durch das kleine Städtchen mit seinen bunten Häusern und bogen in ein von Felsen zerklüftetes Tal ab. Das Meer leuchtete links von ihnen wie ein riesiger Saphir, und es lag fast wie ein Spiegel vor ihnen, so ruhig war heute die See.

»Dort hinten kann man mit der Fähre nach Garinish Island fahren. Magst du Blumen?«

»Ja, schon«, antwortete Ben.

Hanna lachte.

»Ich glaube, du brauchst eher ein Abenteuer.«

Sie ließen Glengarriff hinter sich und fuhren nah an der Küste entlang. Der Berg Hungry Hill ragte fast bedrohlich über ihnen auf. Trotz des schönen Wetters umgaben den Gipfel leichte Nebelschleier, so als würde dort oben eine Art Zwischenwelt warten.

»Ich fahre über den Healy Pass, also nicht wundern, wenn es jetzt bergauf geht.«

Ich wundere mich über gar nichts mehr, dachte Ben mit einem Lächeln. Sie fuhren in Serpentinen den Berg hinauf und verfingen sich bald in der diesigen Luft. Ben beschlich das Gefühl, dass er sich hier alleine rettungslos verfahren hätte. Der Nebel verflog erst, als sie den kargen Berg wieder verließen.

Bei den Mauerresten von Dunboy Castle machten sie schließlich eine Pause. Sie saßen an einer Bucht, das Herrenhaus Puxley Mansion im Hintergrund, und Hanna erzählte ihm, dass dies einst eine der schönsten Bauvorhaben im Südwesten gewesen war. Nun schien es die schönste Bauruine geworden zu sein, denn die Wirtschaftskrise zog auch hier ihre Kreise und verhinderte den Weiterbau des Hotels. Vorne erstrahlte Puxley Mansion wie ein Märchenschloss. Hinter der Fassade jedoch warteten seit Jahren die Bauarbeiten, die wohl nie wieder aufgenommen werden würden.

Gerne hätte Ben einen Blick hinein geworfen, doch das Gebiet war abgesperrt. Nichtsdestotrotz setzten sie sich ins Gras und aßen zu Mittag.

»Ist es eigentlich Zufall, dass das Cottage so heißt wie du?«, fragte Ben, als Hanna ihm von ihrem Obst abgab.

»Nicht direkt. Meine Eltern kannten Hannah und Bill Kennedy. Das sind Pats Eltern. Meine Mom bekam den Namen bei der Schwangerschaft nicht aus dem Kopf. Und so wurde ich quasi nach dem Cottage benannt.«

»Lebt ihr alle bei Phil auf dem Hof?«

Hanna wandte den Kopf in Richtung Meer.

»Meine Eltern sind tot.«

»Oh ..., das tut mir leid.«

Er merkte ihr an, dass sie nicht bereit war, mehr darüber preiszugeben, darum wechselte er das Thema, doch Hanna antwortete von nun an nur noch einsilbig. Ben zupfte ein wenig Gras ab und ließ es zwischen seinen Fingern wieder zu Boden gleiten.

»Ich danke dir, dass du mich auf dieser Tour begleitest.« Hanna blickte auf. »Mach ich gerne.«

Ihre Blicke trafen sich, und Ben betrachtete ihre wunderschöne Augenfarbe, die der See so sehr glich. Sachte strich er ihr eine Haarsträhne aus dem Gesicht und ließ die Hand auf ihrer Wange ruhen. Für einen Augenblick schien die Zeit keine Bedeutung mehr zu haben. Ihr blumiger Duft umwehte ihn, und Ben spürte, wie sein Herz schneller schlug. Ohne zu überlegen überwand er die Distanz und legte seine Lippen auf die ihren. Als sie sich ihm dabei entgegen neigte, umarmte er ihre schmale Gestalt, spürte ihre Wärme ...

Doch plötzlich löste sie sich von ihm, legte abweisend ihre Hand auf seine Brust und schob ihn fort. »Nicht, Ben«, flüsterte sie.

»Hanna, ich wollte nicht ...«

Sie erhob sich.

»Lass uns weiterfahren, okay?«

Verwirrt starrte Ben ihr hinterher, folgte ihr aber

schließlich. »Hanna, es tut mir leid.«

»Du musst dich nicht entschuldigen.«

Sie stieg ins Auto. Was er sagen sollte, wusste Ben nicht, also schwieg er betreten.

Später fuhren sie wieder nah an der Küste entlang, und Ben wunderte sich, wie rau die Landschaft hier aussah. Als hätte ein Riese Felsbrocken auf dem Land verteilt. Nach wie vor blieb Hanna sehr schweigsam. Ben fürchtete, mit dem Kuss einen Fehler begangen zu haben.

»Soll ich dich mal ablösen?«, fragte er, doch sie schüttelte den Kopf.

Am Abend brachte Hanna ihn zu seinem Cottage zurück. Sie war immer noch wortkarg.

»Was ist los, Hanna?«

»Es ist nichts, Ben.«

»Ich wollte dir heute nicht zu nahe treten.«

»Das weiß ich, bist du auch nicht.«

Ben glaubte ihr nicht. Trotzdem wollte er sie wiedersehen! »Sehen wir uns denn morgen?«

Sie schien darüber nachzudenken.

»Vielleicht …«

Er musste ihre Antwort akzeptieren und sah ihr nachdenklich hinterher. In ihm stieg eine unerwartete Einsamkeit auf, als er den Jeep verschwinden sah.

»Oh Gott, Ben, verliebe dich bloß nicht!«, befahl er sich selbst. Er würde bald wieder in Deutschland sein und dann wäre Hanna weit fort.

Als ob diese Erkenntnis etwas änderte …

*

Viel zu schnell fuhr Hanna die schmale Straße entlang. Warum hatte er sie bloß nach ihren Eltern gefragt, warum hatte er sie geküsst? Dies wühlte Wunden auf, die sie längst verschlossen zu haben glaubte. Sie parkte den Wagen in der Einfahrt des Hofes und knallte die Autotür zu. Phil winkte ihr vom Gatter aus zu, er trieb mit Charly die Schafe in die Nähe des Hofes. Als Hanna über den Weidezaun kletterte, hob Bríd den Kopf und trabte freudig auf sie zu. Sie vergrub ihr Gesicht in dem Fell des Tieres. Dieser Tag war zu schön gewesen. Zwischen Ben und ihr herrschte eine ungewohnte Vertrautheit, die sie seit Jahren nicht mehr verspürt hatte – seit dem Feuer. Ihre Hand fuhr an ihre Taille, und Tränen schossen ihr in die Augen. Sie blinzelte, konnte die Flut aber nicht dämmen. Manchmal schmerzte die Stelle, so wie jetzt, und erinnerte sie daran, dass nichts mehr so war, wie vor fünf Jahren. Als sich die Flammen, die ihre Eltern getötet hatten, in ihre Haut brannten.

Bens Lächeln mischte sich in ihre Gedanken, und ein warmes Gefühl erfüllte sie. Entschieden schüttelte Hanna aber den Kopf. Sie durfte sich nicht in ihn verlieben! Er sah nur ihre schöne Fassade, nicht das, was darunter lag.

Bríd stupste sie an, und Hanna schwang sich auf ihren Rücken. Sie trabte zum Gatter, beugte sich hinab, um den Hebel zu öffnen und ritt hinaus. Die

Landschaft rauschte an ihr vorbei und wischte ihre Gefühle beiseite. Sie galoppierte über die Wiesen von Ballygree Richtung Küste, und der Wind trocknete ihre Tränen. Das Meeresrauschen beruhigte schließlich ihr Gemüt.

Möwen kreischten am Ufer, und die Wellen der See brandeten hart auf den Sand. Von Bríds Rücken wollte sie nicht steigen, denn die Wärme des Pferdes bewahrte sie vor der Kühle des Abends. Ihre Hand strich zärtlich durch Bríds graue Mähne, und die Stute schritt durch den feuchten Uferschlick. Die letzten Sonnenstrahlen tauchten den Strand in ein goldenes Licht, und Hanna schaute zu, wie der Feuerball im Meer versank. Sie sollte nach Hause reiten. Phil würde sich Sorgen machen, nachdem sie so überstürzt fortgeritten war. Auch bereute sie bereits den schnellen Ritt ohne Sattel. Ihre Muskeln verkrampften sich. Sie musste vom Pferd steigen.

Ein Auto fuhr viel zu weit in die Dünen und Hanna hob den Kopf. Es war Phil, der aus dem Wagen stieg. Er zog ihren Sattel aus dem Kofferraum. Sie führte Bríd durch das kurze Gras und kam ihrem Onkel mit einem zaghaften Lächeln entgegen.

»Ich dachte, den könntest du brauchen«, sagte er mit sanfter Stimme. Unter Phils sorgenvollen Blicken sattelte sie ihr Pferd.

»Du magst ihn, nicht wahr?«

Hanna seufzte, schwang sich wieder auf ihren Apfelschimmel und sah auf den Atlantik.

»Viel zu sehr.« Sie lenkte das Pferd herum, indem sie das Gewicht verlagerte. »Danke, Onkel Phil.« Dann ritt sie zurück zum Hof.

Spät in der Nacht kletterte Hanna auf das Dach der Scheune. Der volle Mond schien rötlich zwischen den Zweigen einer Eberesche hindurch, nur teilweise verdunkelt von zerfaserten Wolken. Sie setzte sich auf den flachen Vorbau, umschlang die Knie und dachte nach. Ben ließ sich nicht aus ihren Gedanken verbannen. Sie lächelte, als sie an seinen deutschen Akzent dachte. Er gebrauchte ihre Muttersprache wirklich gut, wenn auch sehr britisch, und sie mochte, wie er ihren Namen betonte. Ihre Hand glitt erneut zu ihrer vernarbten Seite. Das sollte Ben nicht sehen müssen. Sie wusste, wie ein Mann darauf reagierte. Tränen verschleierten ihren Blick, und sie fuhr sich unwirsch über die Augen. Es bedeutete, dass sie auf Abstand bleiben musste.

An Schlaf war in dieser Nacht nicht zu denken. Als sie Bríd leise schnauben hörte, sprang Hanna von dem niedrigen Dach. Der Mond verhieß genug Licht, und das würde sie nutzen.

Sie fürchtete keine Dunkelheit.

Lichter im Nebel

Ben wartete bis zum Mittag. Doch Hanna kam nicht, und er wusste nicht genau, wo sie wohnte. Immer wieder lugte er aus dem Fenster und erwartete, Bríd oder vielleicht den Jeep zu sehen, doch die Wiesen und Felder blieben leer.

Nach einer kargen Mahlzeit raffte er sich auf und schaute in Kristins ausgearbeitete Touren. Er fügte sich ihrem Wunsch, packte einige Dinge in einen Rucksack und machte sich mit wetterfester Kleidung auf zum Torc-Wasserfall.

Er stellte den Wagen auf einem kleinen Waldparkplatz ab. Niemand verweilte heute an diesem Ort, Ben war allein. Das Rauschen des Wassers erfüllte den Wald, die Gischt schwebte wie Dunst zwischen den Bäumen. Durch den Regen zeigte sich das Gefälle in seiner ganzen Pracht. Schäumend sprudelte der Wasserfall über die Steine und ergoss sich in das schmale Flussbett. Ben tat einen tiefen Atemzug und sog die klare Luft ein. Dieser Ort wirkte verwunschen. Knorrige Bäume wuchsen auf moosbewachsenem Erdreich, es war als würden gleich Kobolde aus ihren Löchern hervor schnellen. Bei dieser Vorstellung lächelte Ben.

Ein junger Mann mit goldbraunem Haar lief leichtfüßig an ihm vorbei. Seine Frisur erschien Ben viel zu lang, aber es passte auch zu ihm. Der Fremde sah sich zu ihm um. Für einen Augenblick schien er etwas sagen zu wollen, entschied sich dann aber dafür, weiterzugehen. Viel zu schnell verlor Ben den Mann aus den Augen. Verwundert starrte er ihm nach.

Dann registrierte er die steinernen Stufen, die den Berg hinaufführten. Ben zuckte mit den Schultern und machte sich an den Aufstieg. Die glatt geschliffene Felstreppe führte bis an den Anfang des Wasserfalls. Einen Moment lang sah Ben zu, wie er in die Tiefe stürzte und wanderte dann weiter.

Verirre dich nicht im Nebel, hatte Kristin zu dieser Tour geschrieben. Diesen Rat begriff Ben viel schneller, als ihm lieb war. Auf einem Gipfelplateau waberte so dichter Dunst, dass er keine zehn Meter weit sehen konnte. Ein Schatten huschte am anderen Ende des Felshanges in die Schwaden und Ben folgte ihm neugierig. Ob es dieser langhaarige Fremde war? Doch als Ben an die Stelle kam, war er fort, so als hätte der Nebel ihn verschluckt. Er sah sich um. »Verflixt, aus welcher Richtung bin ich gekommen?«

Ein Licht flackerte plötzlich in einiger Entfernung vor ihm auf. *Ein Glühwürmchen?*

Ben ging darauf zu und trat ohne Vorwarnung aus den weißen Schleiern.

»Wie ist denn so etwas möglich?«, murmelte er.

Die Sonne erhellte mittlerweile die Ebene. Hinter ihm verdichtete sich der Nebel, schien undurchdringlich. Ein Rothirsch schaute ihn alarmiert an und lief in die Schwaden.

»Verrückte Gegend.«

Ben kehrte um, stieg einen kleinen Pfad hinab, der zurück zum Hauptweg führte. Sicher hätte ihm Hanna mehr zum Mangerton-Berg erzählen können. Aber sie war nicht hier. Ein kleiner Stich fuhr ihm ins Herz. Wie eine Nadel pikste das Gefühl an seiner Seele.

Als er später mit dem Auto in die Einfahrt von Hannah's Cottage fuhr, hielt er verwundert inne. Phil saß auf der Bank, seine Mütze in den Händen, er schien auf ihn zu warten.

»Hanna ist nicht bei dir?«, fragte er mit besorgtem Gesichtsausdruck.

»Nein, ich habe sie heute noch nicht gesehen. Was ist denn los?«

Phil runzelte die Stirn.

»Sie ist heute Nacht fortgeritten und noch immer nicht zurück.«

»Heute Nacht?«

»Manchmal macht sie das, wenn …«

Phil unterbrach sich, klopfte Ben auf die Schulter und stieg in den Jeep, der weiter vorne auf der Wiese parkte. »Ich muss wohl mal schauen, wo sie steckt«, rief er ihm zu.

Ben folgte ihm. »Kann ich dir helfen, Phil?«

Doch der Mann schüttelte den Kopf.

»Mach dir keine Sorgen, ich finde sie schon.«

»Sage mir Bescheid, wenn sie wieder da ist, ja?«

Phil nickte und wendete den Wagen.

Ben blieb nachdenklich zurück. Wo war Hanna?

Eine Unruhe ergriff ihn, die er kaum zu bändigen

wusste. Mit einem Kaffee setzte er sich an den Küchentisch, sah aus dem Fenster und wartete. Dann stutzte er. War das Bríd? Ein helles Pferd kam gesattelt, aber ohne Reiter auf die Wiese vor seinem Grundstück geritten.

Ben hastete hinaus. Es *war* Bríd!

Als das Pferd ihn bemerkte, wieherte es und lief auf ihn zu. Kratzer waren an seiner Flanke, und die Fesseln waren voller Schlamm. Zudem war das Tier nass geschwitzt und offensichtlich erschöpft. *Was ist mit Hanna?*, schoss es Ben durch den Kopf.

Die Stute stupste ihn an, tänzelte vor ihm hin und her. Es wirkte, als wolle sie ihn dazu bringen, aufzusteigen.

»Oh Bríd, ich kann nicht reiten. Das letzte Mal saß ich als Kind auf dem Rummel auf einem kleinen Pony.« Das Pferd schüttelte den Kopf, als hätte es verstanden, was er gesagt hatte – und als wäre es ihm völlig egal.

»Weißt du, wo Hanna ist?«

Das war eine dumme Frage angesichts der Tatsache, dass das Pferd gesattelt vor ihm stand und Hanna vermisst wurde. Was sollte er nur tun? Er hatte nicht einmal Phils Telefonnummer. Außerdem würde der unterwegs sein, und Ben wusste, dass Hannas Onkel kein Handy besaß.

Dann sah er eine krakelige Schrift an Bríds Sattel. »Halt mal still, Süße.« Ben hielt ihre Zügel, schubste sie ein wenig herum und beugte sich vor.

Gap, bei Kate, Hilfe

Erschrocken entzifferte er Hannas dorthin gekritzelte Buchstaben. Was bedeutete das? Gap, bei Kate? Diese Nachricht schien für Phil zu sein, und er hätte sicher gewusst, was zu tun war. Nur war Phil nicht hier.

Ungelenk sattelte Ben die Stute ab.

»Ruh dich aus, ich finde Hanna!«

Bríd senkte den Kopf, beruhigte sich, als würde sie seine Worte begreifen. Er selbst rannte ins Haus und nahm Kristins Unterlagen. Irgendwo hatte er etwas von einem Gap gelesen. Fahrig blätterte er die Ausdrucke durch und fand schließlich den Gap of Dunloe, der sich in der Nähe von Killarney befand. Er begann an Kate Kearney's Cottage!

Ben prägte sich die Strecke ein, griff nach seinem Autoschlüssel und stürmte aus dem Haus, raste über die Landstraßen nach Killarney. Der Tag neigte sich dem Ende zu und es dämmerte bereits.

Hoffentlich ging es Hanna gut! Er parkte den Wagen auf einem verlassenen Schotterplatz und rannte der Beschilderung nach.

»Hanna!«

Links und rechts erhoben sich Bergflanken. Das letzte Licht des Tages zauberte ein Schattenspiel auf die Hänge. Ben hatte Mühe, die Gegend zu überblicken, denn die Schlucht ragte tief hinein. Stille lag über dem Ort, nur ein leichter Wind rauschte in den Gräsern und niedrigen Büschen, die zwischen den Felsen wuchsen.

»Hanna, wo bist du?!«

Er rannte den Weg entlang, horchte, doch kein Laut

drang zu ihm durch. Nebel waberte von den Berghängen und verschlechterte die Sicht immer mehr.

»Verdammt! HANNA!«

»Sie ist auf der anderen Seite des Sees.«

Erschrocken fuhr Ben herum. Vor ihm stand der Mann, den er am Mittag beim Wasserfall gesehen hatte. Seine Augen funkelten wie Bernstein.

»Was?«

Der Fremde wies ihm die Richtung und zeigte auf eine mit Kies übersäte Anhöhe.

»Ich habe Sie heute am Wasserfall gesehen.«

»Ich war auf dem Weg nach Hause«, antwortete der gut aussehende Mann mit einem Lächeln.

Auf dem Weg nach Hause? Mitten im Wald?

Ben war verwirrt. Er musste Hanna suchen, aber dieser Mann erschien ihm suspekt. Wieso wusste er, wo sie war und half ihr nicht?

»Und … und was tun Sie hier um diese Zeit?«

»Ich helfe deiner Freundin. Warum sollte ich sonst hier sein?«

Der Mann wandte sich ab.

»Und hüte dich vor den Wasserlöchern, sie sind tief, und du könntest dich verletzen.«

»Wer bist du?«

»Das ist nicht wichtig.«

Der Mann ging den Weg zurück, kletterte auf einen der Felsen und schaute sich zu Ben um. Sein langes Haar bewegte sich im Wind. Dann sprang er hinab und verschwand im Nebel.

Ben versuchte, sich wieder auf Hanna zu konzentrieren und rannte in die Richtung, die der geheimnisvolle Fremde ihm gezeigt hatte. Er mied die tiefen Pfützen und blickte sich wachsam um.

»Hanna?«

Seine Stimme schien vom Dunst verschluckt zu werden. Ein Licht flackerte hinter dem See auf und Ben stutzte. »Das muss ein verflixt großes Glühwürmchen sein«, murmelte er.

Aus einem Impuls heraus wandte er sich dorthin, umrundete den See und kletterte den Hang hinauf. Erneut rief er nach Hanna. Da hörte er endlich eine leise Antwort.

»Hanna, wo bist du?«

»Ich bin hier! Hinter dem Felsen«, schluchzte sie. Ben folgte ihrer Stimme und fand sie eingeklemmt zwischen zwei großen Felsbrocken.

»Oh Gott, was ist passiert?«

»Bríd ist zu *dir* gelaufen?«

»Ja, ich habe sie abgesattelt und hoffe, dass sie noch beim Cottage steht. Sie war total erschöpft.«

»Es ist meine Schuld!«

Tränen rannen über ihre schmutzigen Wangen.

»Ich bin in der Nacht zum Gap geritten und wurde zu übermütig. Am Morgen kam Bríd in eins von den verdammten Wasserlöchern und strauchelte. Sie konnte sich fangen, aber ich rutschte ab und fiel zwischen diese beschissenen Felsen. Ich komme hier einfach nicht raus, und mein Fuß tut furchtbar weh.«

»Die Wasserlöcher … Er warnte mich davor.«

»Wer?«

Suchend sah sich Ben nach einem Ast oder etwas Ähnlichem um. »Da war ein Mann, ich hab ihn heute schon am Wasserfall gesehen. Er sagte mir, wo du bist und verschwand im Nebel. Ein komischer Typ mit langen Haaren.«

Hanna sah ihn nachdenklich an.

»Und er war hier?«

Ben sah sich gezwungen, einen der Sträucher herauszureißen, riss die kleinen Äste ab und klemmte den dünnen Stamm zwischen die Felsen.

»Wenn ich das hier anhebe, kannst du dann herauskriechen?«

Hanna schniefte und nickte dann. Mit aller Kraft stemmte Ben die Felsbrocken auseinander, und Hanna robbte mühsam heraus. Sie konnte sich nicht auf den Beinen halten, und er warf rasch den Strauch fort, um sie festzuhalten.

»Ich habe ein Licht im Nebel gesehen, genau über der Stelle, wo du warst.«

Hanna klammerte sich an ihn.

»Dann hast du einen Sídhe gesehen.«

Sie lachte seltsam auf.

»Der war aber nicht klein wie in den Märchen.«

»Das sind sie auch nicht«, sagte sie lächelnd.

»Als Kind habe ich im Nationalpark mal eine Frau gesehen. Sie sah wie ein Engel aus. Ich hatte meinen Dad bei einer Wanderung verloren, und auch ich sah danach ein Licht. Ich folgte ihm, und es brachte mich auf den Weg zurück, wo mein Vater mich bereits suchte.«

»Aber … das sind Märchen.«

»Vielleicht nicht. Hier gibt es viele solcher Geschichten. Wir wissen nicht, wer oder was sie wirklich sind – trotzdem sind sie da. Und es ist etwas Besonderes, wenn sie sich dir zeigen.«

Ben half ihr auf, doch sie konnte einen Fuß nicht belasten und sackte zusammen. Er hielt sie fest, doch dabei glitt ihr Shirt nach oben und offenbarte eine schwere Verletzung an ihrer Taille.

»Mein Gott Hanna, ist das von den Felsen?«

Sie riss sich von ihm los, stolperte auf den Kies und zog ihr Oberteil nach unten. Ben hatte es in dem Dämmerlicht nicht genau sehen können.

»Es ist nichts! Das ist nicht von heute. Bitte bring mich nach Hause, Ben.«

»Ich bringe dich ins Krankenhaus.«

»Nein, Ben, bitte nicht. Onkel Phil wird nach meinem Fuß sehen, er ist sicher nur verstaucht. Ich kann ihn bewegen. Siehst du?«

Mit schmerzverzerrtem Gesicht wackelte Hanna mit dem Fuß. »Aber …«

»Bitte.«

Skeptisch half Ben ihr auf. Sie konnte kaum laufen, also nahm er sie kurzerhand auf die Arme und trug sie bis zum Auto. Als er sie auf den Beifahrersitz gleiten ließ, blickte er sie fragend an.

»Wenn es nicht von heute ist, was ist es dann?«

Hanna schwieg. Sie wischte sich die Tränen aus den Augen und senkte den Blick.

»Es war ein Feuer. Dasselbe, das meine Eltern getötet hat.« Ben starrte sie bestürzt an.

»Das … das wusste ich nicht.«

»Wie auch? Du bist kaum eine Woche hier.«

»Das tut mir leid.«

»Bitte bring mich nach Hause.«

Er zögerte kurz und seufzte dann.

»In Ordnung.«

In diesem Augenblick wusste er, dass seine Gefühle längst gegen seinen Verstand gewonnen hatten. Als er ihren zitternden Körper in seinen Armen getragen hatte, war in ihm die Gewissheit entstanden, dass Hanna alles war, was er je gewollt hatte.

Alte Narben

Abrupt erwachte Hanna von dem angstvollen Wiehern der Pferde. Mit Herzklopfen richtete sie sich auf. Sie warf einen Blick auf die Uhr. Es war 3 Uhr nachts. Warum leuchtete rötliches Licht durch die Ritzen der Rollos? Hanna sprang auf, zog die Jalousien hinauf und erstarrte.

Der Pferdestall stand in Flammen!

Entsetzt riss sie ihre Zimmertür auf und wich zurück. Schwerer Rauch kam ihr von unten entgegen. Hustend rannte sie die Stufen hinab, nur um wie gelähmt stehen zu bleiben. Das Erdgeschoss brannte lichterloh.

»MOM? DAD!«

Deren Schlafzimmer befand sich neben der gemütlichen Wohnküche, doch diese war unerreichbar. Das Feuer loderte im unteren Bereich und verschlang alles, was Hanna liebte.

Sie waren sicher bereits draußen! Aber warum hatten sie ihre Tochter nicht geweckt?

»Mom!«

Die Hitze wurde unerträglich. In Panik öffnete sie das Flurfenster und kletterte die Efeuranken hinab. Unten erhitzte das Feuer die Mauern des Hauses so sehr, dass sie absprang und im glühenden Gras landete. Hanna rannte zu den Ställen. Sie blickte sich suchend um. Wo waren ihre Eltern? Sie konnten nicht mehr im Haus sein, das erschien ihr unmöglich!

Die Pferde schrien. Bríd!

Flammen schlugen aus den Stallungen.

»Nein! Bríd!«

Trotz des Feuers wollte Hanna zu ihrer Stute, doch sie kam nicht weit. Ein brennender Balken brach und fiel auf sie herab. Hanna schrie. Panisch zerstörte Bríd ihre Box und stürzte aus dem Stall. Die anderen Pferde waren hoffnungslos eingeschlossen. So wie sie. Finsternis umnachtete sie, als sich das Feuer wie ein glühendes Eisen in ihren Körper fraß.

»Hanna, wach auf! Hanna!«

Sie schrak keuchend aus diesem furchtbaren Alptraum auf. Phil saß im Schlafanzug an ihrem Bett und rüttelte an ihrer Schulter.

»Oh Gott, Onkel Phil«, schluchzte sie und fiel ihm um den Hals. Phil nahm sie fest in den Arm und wiegte sie zärtlich hin und her.

»Alles ist gut, kleine Blume. Es ist vorbei. Das Feuer tut dir nichts mehr«, flüsterte er sanft.

Die Umarmung beruhigte Hannas Gemüt, und sie schmiegte sich an ihren Onkel.

»Wie geht es deinem Fuß, Hanna?«

Phil hielt sie ein wenig von sich weg, um sie anzusehen.

»Es ist nicht so schlimm, wie ich dachte.«

»Ist alles wieder in Ordnung?«

»Ja, geh wieder ins Bett.«

Phil gähnte und schlurfte zurück in sein Schlafzimmer. Hanna blieb sitzen und starrte in das warme Leuchten der Nachttischlampe. Draußen blökte ein Schaf, zwei Katzen stritten sich lautstark, und der Wind schlug einen Ast gegen ihre Scheibe.

Sie wollte Ruhe, deshalb stand sie auf, humpelte zum Fenster und schloss es. Mit langsamen Bewegungen zog sie sich etwas anderes über und ging zu ihrer Leinwand. Das unfertige Gemälde schimmerte im Dämmerlicht. Sie hatte das Meer an der Tralee Bay gemalt.

Ihr Herz hatte sich noch immer nicht ganz beruhigt, also griff sie nach dem Pinsel, öffnete ihre Farben und beendete endlich ihre Arbeit. Bisher hatte ihr immer ein Aspekt gefehlt. Nun sah sie Ben vor ihrem inneren Auge, wie er das erste Mal auf Bríd am Strand zugegangen war. Ein Impuls sagte ihr, dass sich Hanna auch selbst hinzufügen sollte, nur dann wäre das Bild vollkommen. Die Pinselstriche kamen tief aus ihrem Herzen, und sie versank in ihrer Arbeit.

Als Ben am Morgen vor der Tür stand, malte Hanna noch immer. Sie hörte, wie er unten mit Phil sprach. Es klopfte, und ihr Onkel öffnete ihre Tür.

»Ich weiß, Ben ist da«, kam sie ihm zuvor.

Phil ging nicht darauf ein, sondern kam näher.

»Wow, das ist wunderschön geworden. Da wird sich die Galerie freuen.«

Hanna war versucht, das Bild für sich zu behalten, aber sie brauchte die Ausstellung und die kleine Künstlergalerie in Killarney wartete auf neue Gemälde. Sie verkauften sich bei den Touristen hervorragend.

»Hast du gestern auch nach Bríds Bein gesehen? Ist … ist alles in Ordnung?«

»Ihr ist nichts passiert. Darf Ben hinauf?«

Hanna presste die Lippen zusammen und nickte dann. Wenig später trat Ben in ihr Zimmer und verharrte still, sah ihr bei der Arbeit zu. Sie ignorierte ihn zunächst, konnte sich von dem Bild nicht lösen, was Ben mehr sagte, als jedes weitere Wort von ihr.

»Meine Schwester nannte die Seesterne immer Sterne der See«, sagte Ben schließlich leise.

Hanna durchfuhr es wie ein kleiner Stromstoß. Sie sah auf die winzigen Seesterne, die sie in dem Bild verewigt hatte. Eines der gemalten Tiere berührte sie vorsichtig mit der Fingerspitze.

»So könnte ich das Bild nennen.«

»Das hätte Kristin sicher gefallen.«

Sie wandte sich endlich um und sah ihm direkt in die hellgrauen Augen.

»Danke … wegen gestern.«

»Keine Ursache.«

Er setzte dazu an, weiterzusprechen, doch ihm wollten die richtigen Worte nicht einfallen.

»Warum … bist du …?«

»Ich konnte nicht schlafen, wollte nachdenken, also machte ich mit Bríd einen … Mondscheinritt. War eine dumme Idee.« Ben lächelte.

»Nimm das nächste Mal ein Handy mit.«

»So was hab ich nicht.«

Dies ließ Ben erstaunt inne halten.

»Oh … okay, das wusste ich nicht.«

Er schien mit etwas zu kämpfen, und sie ahnte, worauf dieses Gespräch hinauslaufen sollte, und sie fürchtete sich davor.

»Du bist irgendwie abweisend. Warum?«

»Nun, du fährst bald wieder fort, nicht wahr?«

»Mich hält nichts in Deutschland. Außer meine Eltern vielleicht.«

Perplex starrte Hanna ihn an.

»Ist es nur das?«, fragte er leise.

Sie focht innerlich einen regelrechten Streit mit sich aus. Schließlich sagte sie ihm die Wahrheit:

»Ich bin entstellt, Ben. Das Feuer hat mir meine Eltern, mein Zuhause und meine...«, sie machte eine kleine Pause, »...Unversehrtheit genommen. Du hast es gesehen.«

»Nur für einen Augenblick und im Dunkeln.«

»Du hast dich furchtbar erschrocken, Ben!«

»Weil ich dachte, dass du akut verletzt bist!«

Hanna drehte sich weg.

»Ich habe es versucht. Alle ekeln sich davor.«

Nun trat Ben zu ihr und wagte es, sie vorsichtig von hinten zu umfassen. Auch wenn Hanna sich versteifte, sie ließ es geschehen.

»Hanna, ich habe meiner Schwester nach jeder Chemotherapie beigestanden, habe Erbrochenes weggewischt, habe zugesehen, wie ihr Haar ausfiel. Ich habe ihre Schönheit und ihre Kraft schwinden sehen, habe miterleben müssen, wie der Krebs sie langsam aufgefressen hat. Und ich liebte sie am Schluss nur noch mehr. Glaubst du wirklich, dass mich ein paar Narben stören?«

Sachte stieß Hanna ihn von sich.

»Ein paar Narben …«, echote sie mit einem bitteren Lachen. Dies hier musste ein Ende finden, bevor sie erneut verletzt wurde. Mit einer schnellen Bewegung zog sie ihr Oberteil aus. Ben schaute sich ganz ruhig ihre Vernarbungen an. Es begann an ihrer linken Hüfte und zog sich bis auf den halben Rücken. Hanna erschauerte, als Ben sachte über ihre Haut strich.

»Was ist geschehen?«

Noch immer lag seine Hand auf ihrer Seite. Er trotzte ihren Worten, schien in keiner Weise abgeschreckt zu sein, was Hanna verwirrte.

»In unserem Haus brach ein Feuer aus. Man konnte die Ursache nicht bestimmen. Ich wurde von den Schreien der Pferde wach. Als ich aus meinem Zimmer kam, stand der untere Bereich lichterloh in Flammen. Ich entkam aus einem Flurfenster. Meine Eltern verloren bei dem Rauch noch im Schlaf das Bewusstsein und verbrannten. Mir fiel ein brennender Balken halb auf den Rücken, als ich Bríd retten wollte.«

»Wie hast du dich befreit?«

»Gar nicht. Ich wurde drei Wochen später im Krankenhaus wach. Phil erzählte mir, dass die Feuerwehr bereits vor Ort war und gesehen hat, wie ich in den Stall lief. Man holte mich raus und versetzte mich wegen der Wunden in ein künstliches Koma. Ich konnte nicht einmal der Beerdigung meiner Eltern beiwohnen.«

»Und wie entkam Bríd dem Feuer?«

»Sie zerstörte in ihrer Panik die Box und stieß wohl dabei den Balken von meinem Rücken. Seitdem ist sie am linken Hinterbein etwas empfindlich. Die anderen drei Pferde kamen in den Flammen um. Nur Bríd überlebte wie durch ein Wunder fast unverletzt und hat mich irgendwie gleich mit gerettet.«

»Hanna …« Ben hielt sie an beiden Oberarmen sanft fest und zwang sie so, ihn anzusehen. Ihr wurde bewusst, dass sie nur im BH vor ihm stand, und sie fühlte sich unsicherer denn je.

»Mich stören deine Narben nicht. Ich finde dich wunderschön, genau so, wie du bist.«

Überrascht sah Hanna zu ihm auf. Sie machte sich los und langte nach ihrem Shirt, das sie rasch wieder überzog.

»Ich … muss darüber nachdenken.«

Eine Weile schwieg Ben, und Hanna wagte es nicht, ihn anzusehen. Schließlich strich er ihr sanft über die Wange.

»Du weißt, wo du mich findest.«

Bedenkzeit

Nie zuvor war sich Ben so sicher gewesen wie bei Hanna. Obwohl sie nicht einmal den Ansatz einer Beziehung führten, spürte er an diesem Ort und mit diesen Menschen ein völlig neues Gefühl, zu Hause angekommen zu sein. Hanna weckte etwas in ihm, das diesmal nicht nur mit purer Leidenschaft zu tun hatte. Sie berührte etwas in seiner Seele. Auch wenn sie es nicht wahrhaben wollte, spürte er eine tiefe Verbundenheit zu ihr, die er nicht bereit war, kampflos aufzugeben. Ihm war klar, dass Hanna Zeit brauchte. Er konnte nur ansatzweise erahnen, was sie erlebt hatte. Aber er würde nicht einfach nach Hause fahren und versuchen, sie zu vergessen. Niemals! Seit Jahren wartete er auf diese eine Empfindung, von der er immer schon gewusst hatte, dass er sie eines Tages finden würde. Und er fühlte, dass durch Hanna ein Teil von ihm heilte, der durch Kristins Tod so verletzt worden war.

Seine Hand fuhr zu dem Amulett, in dessen Hohlraum er auf bizarre Weise seine Schwester mit sich trug. Er wollte ihre Asche hier an der entfernten Küste Irlands ins Meer streuen. Bisher blieb es noch bei dem Wunsch, er konnte sich einfach nicht davon lösen, auch wenn er wusste, dass er Kristin auf diese Art befreien würde, befreien aus seinem Herzen, das seine Schwester nach wie vor gefangen hielt.

Ben dachte über seine Worte genau nach. Meinte er

das wirklich so? Hielt ihn in Deutschland tatsächlich nichts mehr? War er nicht immer der Workaholic gewesen, der am liebsten in den Süden flog und der Beziehungen nie lange aufrecht erhalten konnte?

Und hat dich das nicht fast zerstört?, flüsterte eine Stimme in ihm.

Langsam lief Ben auf Hannah's Cottage zu. Die Abendsonne tauchte das Haus in warme Farben. Die friedliche Atmosphäre hier überlagerte jede andere Empfindung. Er hatte bei Pat Kennedy nachgefragt. Das Cottage war diesen Sommer ausgebucht. Wenn er länger bleiben wollte, musste er sich eine andere Unterkunft suchen. Jetzt kam alles auf Hannas Antwort an. Dass sie ebenso fühlte, dessen war sich Ben absolut sicher. Er sah es in ihren Augen. Und in dem Bild, das sie gemalt hatte. Sie hatte ihn auf diesem Gemälde verewigt! Dieses Detail war ihm nicht entgangen.

Auch seine Initiative überraschte ihn.

Irgendetwas veränderte ihn hier. Irland hatte seine magischen Fühler bereits nach ihm ausgestreckt.

Ob dieser Fremde am Gap of Dunloe wirklich einer der Sídhe gewesen war? Kristin hatte ihm oft von den irischen Elfenwesen und ihren zahlreichen Legenden erzählt. Teilweise schienen manche Iren diesem Mythos immer noch zu folgen. Seine Schwester hatte ihm einmal von einem Bauern erzählt, der sich geweigert hatte, einen Felsen von seinem Feld zu räumen, da er annahm, er sei mit einem Sídhehügel verbunden. In Deutschland hätte er dies als ausgemachten Humbug abgetan. Hier erschien ihm das ganz anders – irgendwie realer.

Nun, es nutzte nichts, darüber nachzugrübeln. Also beschäftigte er sich mit den Touren, die Kristin für ihn herausgesucht hatte und wartete.

Drei Tage später saß er nach einer ausgiebigen Besichtigung des elisabethanischen Herrensitzes Muckross House am Ufer des kleinen Sees der Anlage und starrte auf das ruhige Gewässer. Hinter ihm thronte das prächtige, gut erhaltene Herrenhaus, links neben ihm breitete sich der Schlossgarten aus, der sogar Palmen beherbergte.

Die Schönheit des Ortes berührte ihn heute nicht wirklich. Hanna schwieg.

War das ihre Antwort?

Nachdenklich warf er einige Steine ins Wasser.

Eine Ente flog schnatternd davon.

»Bist du auf Entenjagd?«

Ben fuhr herum. Vor ihm stand Hanna mit einem Lächeln im Gesicht. Es verschlug ihm die Sprache, denn er hatte wahrlich nicht hier mit ihr gerechnet.

»Hanna«, brachte er nur heraus.

Sie setzte sich zu ihm ins Gras und ignorierte die Menschen, die an ihnen vorbeiliefen.

»Ich habe über deinen Vorschlag nachgedacht.«

Ben wartete, doch sie sprach nicht weiter.

»Und?«, hakte er nach.

»Was hast *du* für ein Geheimnis?«, überging sie seine Neugier. Er stutzte und betrachtete Hannas hübsches

Gesicht. Er holte sein Amulett hervor.

»Ich habe aus Kristins Urne ein wenig von ihrer Asche stibitzt«, gab er zu.

»Ich … ich wollte sie hier an der Tralee Bay verstreuen, aber ich bringe es nicht über mich.«

Hannas Miene veränderte sich. Traurigkeit überschattete ihren vorhin noch fröhlichen Ausdruck. »Kristin war hier ein wirklich gern gesehener Gast. Ich mochte sie sehr. Mir fiel nie auf, dass sie krank war.«

»Sie kam immer hierher, wenn sie die Therapien geschafft hatte. Sie trug hochwertige Perücken, weißt du? So merkte man ihr oft nichts an. Wenn sie aus Irland zurück kam, wirkte sie immer völlig verändert. Sie blühte hier stets auf.«

»Ich spüre, dass sie dir nah ist.«

Ben senkte den Blick.

»Ich glaube, ich halte sie fest.«

»Es ist schwer loszulassen – ich weiß das.«

»Was … was habt ihr denn hier so zusammen unternommen?«, fragte Ben.

»Ich habe ihr oft die Gegend gezeigt und sie abends mit in den Pub genommen. Und von Onkel Phil kennt sie die Lieder dieser Gegend hier. Sie liebte dieses Land sehr. Wir haben immer gesagt, sie habe eine irische Seele.«

»Ja, die hatte sie …«

Eine Weile sahen sie zu, wie ein Schwan seine Kreise auf dem See zog. Insgeheim wünschte sich Ben eine einsamere Gegend als diesen Touristenmagneten hier, und Hanna schien das zu bemerken.

»Gehen wir zur alten Abtei. Da ist es nicht so überlaufen. Am Muckross House scheint es heute Freikarten zu geben, so ein Andrang herrscht hier heute.« Sie lachte leise und erhob sich, hielt ihm ihre zierliche Hand hin. »Komm.«

Sie wanderten einen schmalen Pfad entlang, und Hanna führte ihn durch den Wald. Nach einiger Zeit tauchte vor einer Wiese eine alte Ruine auf. Einsam stand sie mitten zwischen den Bäumen und widersetzte sich der Zeit. Sie lehnten sich an die alten Mauern und schauten zu, wie der Wind die Zweige bewegte.

»Hast du das alles ernst gemeint, Ben? Und gilt es auch jetzt noch, nach dieser Bedenkzeit?«

Sein Herz geriet etwas aus dem Takt.

»Erinnerst du dich daran, wie meine Schwester die Seesterne immer genannt hat?«

Hanna lächelte zaghaft.

»Sterne der See.«

»Damals sagte Kristin, es wären die einzigen Sterne, die niemals ohne Wasser auskommen könnten.« Ben suchte ihren Blick, den sie vorsichtig erwiderte.

»Wie die Seesterne das Meer brauchen, kann ich nicht mehr ohne dich sein, Hanna.«

»Also sind wir … wie die Sterne der See?«

Hoffnung und Angst flammten gleichermaßen in Ben auf. »Nur wenn du genauso empfindest«, antwortete er unsicher.

Hanna schwieg, schien nachzudenken.

Endlich schaute sie auf und sah ihn an.

»Das tue ich«, wisperte sie. »Aber du kennst mich kaum.«

»Mag sein. Trotzdem kommst du mir vertrauter vor als all meine Freundinnen zuvor.«

»Dann waren es wohl viele?«

»Ja, das sind wohl meine Narben. Auch wenn man sie nicht sieht.«

Zärtlich legte Hanna ihre Hand auf die seine. Sie schaute mit abwesendem Ausdruck in den bewölkten Himmel. »Ich gebe zu, dass ich mich fürchte, denn das Feuer hat mehr in mir zerstört als nur meine Haut.«

»Dann lass mich versuchen, dir diese Furcht zu nehmen.« Ein Lächeln huschte über ihre Züge.

»Okay«, hauchte sie und warf ihm einen Seitenblick zu, der sein Herz schneller schlagen ließ. Er betrachtete Hanna und entdeckte eine winzige Sommersprosse über ihrem Mund. Sachte legte er seine Lippen darauf, und sie ließ es geschehen. Sie schmeckte nach süßen Kirschen, die sie genascht haben musste. Dann zog Ben sie an sich, und Hanna erwiderte die Umarmung, gab sich ihm für einen Augenblick völlig hin.

Atemlos lösten sie sich wieder voneinander, und der Wind blies Hanna kupfergoldene Strähnen ins Gesicht, die Ben ihr sanft hinter das Ohr strich. Den Blick konnte er kaum von ihr abwenden, so schön war sie.

»Manchmal kann es so … einfach sein«, sagte sie leise. »Aber irgendwie nur mit dir.«

»Das ist ein Anfang, oder?«

»Ja …« Zärtlich fuhr sie ihm durch das Haar, ließ ihre Hand über seine Wange gleiten.

Plötzlich fiel ihr etwas ein.

»Und was willst du hier beruflich machen?«

»Ich bin Programmierer. Je nachdem, für was ich mich entscheide, kann ich überall arbeiten. Ich brauche nur einen PC.«

»Wie ist es mit Webseiten? Ich bräuchte eine für meine Bilder.«

Ben lachte befreit auf. »Die bekommst du!«

Irischer Zauber

Die Sonne schien warm auf die sandige Bucht von Tralee und strafte den schlechten Wetterbericht Lügen. Hanna schaute zu, wie Ben in die Hocke ging und einen Krebs beobachtete. Sie konnte sich ein Schmunzeln nicht verkneifen, denn das Tier huschte rasch unter Wasser in eine Kluft.

Das erste Mal fühlte sich Hanna sicher und geborgen. Und sie fühlte sich angenommen von einem Mann, obwohl sie Ben erst seit einigen Wochen kannte. Er gab ihr das Gefühl, etwas Besonderes zu sein und störte sich nicht an ihren Narben. Ihre Furcht vor Nähe wischte er förmlich weg, nur indem er sie mit diesen intensiv liebenden Blicken ansah.

Als er sich aufrichtete und sein blondes Haar vom Wind zerzaust wurde, erwachte in ihr erneut diese Sehnsucht, ihm nahe zu sein. Langsam trat sie zu ihm, strich ihm über die stoppelige Wange.

»Du siehst verwegen aus, wenn du nicht rasiert bist«, flüsterte sie.

Sein Hemd war nicht bis oben hin geschlossen, und sie konnte die Wärme seiner Haut förmlich spüren, konnte nicht anders, als zaghaft ihre Hand auf seine Brust zu legen. Ihre vorsichtige Berührung schien etwas in ihm zu wecken, denn er wandte sich ihr augenblicklich zu. Ihr stockte ein wenig der Atem, als sie das Verlangen in seinen Augen sah. Hier am Strand von Tralee verblassten endlich die dunklen

Erinnerungen an das Feuer.

Unerwartet beugte sich Hanna vor, wölbte ihre Hand um seinen Nacken und zog ihn zu sich herunter, so dass ihre Lippen sich berührten. Ihm entwischte ein überraschter Laut, doch er presste sie an sich, als würde er sie nur dieses eine Mal küssen dürfen. Ein wenig verunsichert löste sie sich schließlich von ihm, denn Ben weckte Gefühle in ihr, die sie schon längst tot geglaubt hatte.

»Alles okay?«, fragte er besorgt.

Sie lachte leise und sah sich sorgsam um.

Niemand war an diesem Tag in der Tralee Bay.

»Hanna?«

Tief atmete sie ein und begegnete seinem Blick.

»Ja, alles in Ordnung. Ich habe nur geschaut, ob wir allein sind.« Mit geneigtem Kopf schaute er ebenso über den menschenleeren Ort.

»Bis auf ein paar Selkies, glaube ich.«

»Du weißt aber, dass die in Schottland leben?«, gab Hanna zu bedenken und biss sich sachte auf die Unterlippe, um nicht aufzulachen.

»Umso besser, dann werden wir zumindest nicht von Seehundelfen oder so gestört.«

»Gestört?«

Alarmiert schaute Ben sie an.

»Ich … so war das nicht gemeint.«

»Nicht? Das ist aber schade.«

Diese Worte machten ihn sprachlos.

Ihr Herzschlag beschleunigte sich, als sie mutig

weitere Knöpfe seines Hemdes öffnete. Auch Ben begriff endlich, was sie anzudeuten versuchte. Er hielt sich nicht mit Reden auf, sondern küsste sie. Ein Prickeln erfasste ihren Körper, und sie seufzte leise, als sie spürte, wie seine Hand über ihren Rücken strich, wie sie dann unter ihr T-Shirt wanderte und zärtlich die Narben streichelte. Seine Lippen wanderten über ihren Hals, und Hanna bog den Kopf zurück. Sie spürte, wie ihr Haar im Wind wehte, und sie genoss jede seiner Berührungen.

Der warme Sand formte sich nach ihrem Körper, als sie sich in der Düne niederließ und Ben einfach mit sich zog. Hohe Grashalme wogten in den seichten Böen, die vom Meer kamen. Möwen segelten am blauen Himmel. Dann schloss Hanna die Augen und gab sich seinen zärtlichen Berührungen hin.

Seine Zaghaftigkeit rührte sie, doch sie wollte mehr. Als sie sich das Shirt über den Kopf zerrte und an seinem Hemd nestelte, lachte er rau.

»Hast du das für heute irgendwie geplant?«

»Ich glaube schon«, erwiderte sie und spürte, wie sie errötete, als sie forsch ein kleines Tütchen aus der Hintertasche ihrer Jeans fischte.

»Ich habe zwar kein Handy, aber so was haben wir auch.«

Ben starrte auf das Kondom und konnte sein Lachen nicht aufhalten. »Himmel, du bist so süß.«

Bevor er weiter reden konnte, küsste sie ihn stürmisch. Hungrig berührte sie seine schlanke Taille und wagte sich tiefer, bis er leise keuchte.

Mit einem stummen Blick, den sie austauschten, befreiten sie sich aus ihrer Kleidung. Es war so lange her, dass jemand sie nackt gesehen hatte, und diese Erkenntnis raubte ihr den Atem, bis sie Bens offensichtliches Begehren erkannte und alle Bedenken fort wischte.

Er hob die Hand und strich durch ihr langes Haar. »Du sieht aus, wie eine Elfe, die dem Meer entsprungen ist«, wisperte er.

»Vielleicht bin ich das ja«, sagte sie lächelnd.

Sein Mund legte sich auf den ihren, und Ben hielt sie wie ein kostbares Kleinod fest. Das genügte Hanna nicht! Sie drängte sich an ihn, wollte nur noch näher bei ihm sein, ihn endlich wirklich spüren. Er verstand.

Als er in sie eintauchte, brauchte sie einen Augenblick, um sich wieder an das Gefühl zu gewöhnen. Seine Erfahrung jedoch brachte sie rasch an den Punkt, an dem sie ihm bedingungslos verfiel. Die Welt um sie verblasste.

In diesem Moment existierte nur noch Ben, der Empfindungen in ihr entfachte, die sie völlig den Halt verlieren ließen.

*

Ben sah in den blauen Himmel und schaute den Möwen zu, wie sie verspielt über ihren Köpfen wahre Flugkünste zeigten. Versonnen lag Hanna in seinen

Armen. Sie waren völlig mit Sand bestäubt, doch das störte ihn nicht. Der Wind wurde kühler, und er merkte, wie Hanna eine Gänsehaut bekam.

Als ihre Hand über seine Brust wanderte und an dem Amulett mit Kristins Asche verharrte, spürte er den kleinen Dorn in seinem Herzen.

»Soll ich sie freilassen, Hanna?«, flüsterte er.

Die Frage kam wohl unerwartet für sie, denn sie blinzelte. Ihre Hand blieb auf seinem Herzen liegen.

»Ja …«

Ben richtete sich langsam auf, zog sie erneut an sich und küsste sie, entlockte ihr ein leises Seufzen. Ohne dass sie sich absprechen mussten, wischten sie sich den Sand ab und schlüpften in ihre Kleider. Er fühlte die Wärme ihrer Hand in seiner, und der Wind umschmeichelte ihre Gestalten, wie Seide strich er über ihre Haut. Der Sand wärmte seine bloßen Füße, und er grub die Zehen tief hinein. Hanna lehnte ihren Kopf an seine Schulter. Flache Wellen näherten sich ihnen, und Bens Hand fuhr zu dem Amulett.

»Ich weiß nicht, ob die alten Legenden, die man sich hier erzählt, wahr sind. Und natürlich weiß ich auch nicht, ob man am Ende eines Regenbogens einen Goldtopf findet … Au!«

Hanna hatte ihm in den Arm gekniffen und er lachte auf. »Aber«, fuhr er fort, »dieses Land besitzt einen besonderen Zauber. Selbst für mich ist das unverkennbar.«

»Dabei hast du nur den Südwesten gesehen«, sagte

sie leise. »Nicht ganz, ich bin ja von Dublin durch halb Irland gefahren.« Er wandte sich ihr zu, hob ihr Gesicht sanft mit dem Zeigefinger an.

»Es sind wohl die Menschen hier, die dem Land diesen Zauber verleihen.«

Plötzliche Tränen verschleierten Hannas Blick.

»Du hast es erkannt …«

Wortlos nickte er.

»Wiederum glaube ich, dass hier noch viel mehr verborgen liegt, und ich bin neugierig, was mich noch erwartet.«

Langsam löste er das Amulett, das er seit Kristins Tod um den Hals trug und schraubte die winzige Phiole auf. Als er zögerte, nahm Hanna ihn an die Hand und lief mit ihm ins Meer. Keiner von ihnen störte sich daran, dass das Wasser ihre Hosenbeine durchnässte.

Endlich ließ Ben Trauer und Tränen für einen kurzen Moment zu, flüsterte einen Liebesgruß an seine Schwester und kippte dann den winzigen Behälter. Eine Brise nahm die Asche mit sich fort und trug sie auf die See hinaus.

Ein unbestimmtes Gefühl ließ Ben nach rechts schauen. Für einen Lidschlag sah er Kristin. Sie stand in ihrem langen Hippie-Kleid am Ufer. Ihr blondes Haar wehte im Wind und sie lächelte, bevor sie vor seinen Augen wieder verblasste. Ben verharrte in den Wellen und nahm still Abschied.

»Gehen wir nach Hause«, flüsterte Hanna..

Die auf dem Buchrücken zitierten Bücher-Blogs finden Sie hier:

http://buchzeiten.blogspot.de/
http://literaturdinge.blogspot.de/
http://lesezauber.net/
http://fairy-book.blogspot.de/

Wenn Ihnen

„Distant Shore: Sterne der See"

gefallen hat, könnten auch die folgenden
Empfehlungen interessant für Sie sein:

Tanja Bern

Distant Shore: Gold der Dünen

Teil 2 der Distant-Shore-Trilogie (April 2016)

Tanja Bern

Distant Shore: Perlen des Meeres

Teil 3 der Distant-Shore-Trilogie (Oktober 2016)

ANNIKA DICK

Lovely Skye
Ein Sommer in Balnodren

ROMANCE

MEIN KOPFKINO

Annika Dick
„Lovely Skye – Ein Sommer in Balnodren"

Innes Graeme ist die ständigen Absagen auf ihre Bewerbungen leid. Sie beschließt, ihrer Heimatstadt Edinburgh für drei Monate den Rücken zu kehren. Sie gönnt sich eine Auszeit bei ihrer Freundin Fenella, die in Balnodren, im Norden der Isle of Skye, eine Pension betreibt. Aber schon bei ihrer Ankunft in dem gottverlassenen Landstrich bereut sie ihren Entschluss. Balnodren erscheint ihr die Natur gewordene Trostlosigkeit zu sein. Erst der attraktive Tierarzt Jack MacBryde kann ihr Herz für die einzigartige Schönheit öffnen, die die sogenannte Nebelinsel zu bieten hat. Gerade als Innes beginnt, sich in Land, Leute und in Jack zu verlieben, rückt das Ende ihres Aufenthaltes immer näher.

ISBN: 978-3-9816987-3-2   Preis: 6,95 €

"Glänzt mit einer zauberhaften Kulisse. Wie ein Kurztrip in den Urlaub."
Buchtempel.net

"Lovely Skye hat mir gezeigt, wie wundervoll Kurzromane sein können."
Phinchens Fantasybooks

"Eine fantastische Novelle mit allem, was das Herz begehrt."
FantasyBooks Shadowtouch (Österreich)

"Ideal für Zwischendurch. Eine kleine buchige Praline!"
Chellushs Bookworld

"Zu diesem Kurzroman fällt mir nur eins ein: wow!"
Kittys Bücherblog

Lovely Skye: Ein Sommer in Balnodren
Leseprobe

Ankunft auf Skye

Für einen ausgemachten Stadtmenschen wie Innes Graeme war der Blick aus den Busfenstern zu beiden Seiten gleichermaßen trostlos. Rechts das weite blaue Meer, links die weiten grünen Wiesen. Eines stand für Innes fest: Die Isle of Skye und sie würden in diesem Leben keine Freunde werden.

Sie fuhr sich mit der Hand durch das lange rote Haar und warf einen Blick auf ihre Uhr. Vor über zehn Stunden war sie in Edinburgh aufgebrochen. Als sie in Portree, der Hauptstadt der Insel, in den Bus Richtung Norden umgestiegen war, hatte sie einen gut gefüllten Fernreisebus gegen einen fast leeren Bus getauscht und es schien, dass die Zahl der Menschen auch außerhalb ihres Transportmittels stetig abnahm. Die Straße war nicht einmal mehr breit genug, um ein zweites Fahrzeug passieren zu lassen. Innes erinnerte sich selbst daran, dass zu Hause nichts auf sie wartete und sie nach Skye gekommen war, um dem trostlosen Anblick der sich stapelnden Absagen auf ihrem Schreibtisch zu entfliehen. Das war eine andere Art von Eintönigkeit.

Seit zwei Monaten saß sie arbeitslos zu Hause und suchte einen neuen Job. Zwar hatte die Übernahme des Sportartikelherstellers, für den sie in der

Marketingabteilung tätig gewesen war, für eine stattliche Abfindung mit der Kündigung gesorgt, aber sie war einfach nicht der Typ, der einen unfreiwilligen Urlaub genießen konnte. Sie brauchte die Sicherheit, beim Einschlafen zu wissen, dass am nächsten Morgen ein Job auf sie wartete.

Innes spürte, wie sich beim bloßen Gedanken an ihre unsichere Situation ihr Magen zusammenzog. Sie presste die Hände auf ihren Bauch und atmete erleichtert auf, als sie an einem kleinen Schild vorbeifuhren, das ihre Ankunft in Balnodren signalisierte. Hatte Innes Portree schon für eine kleine Stadt gehalten, wurden ihr nun endgültig die Augen geöffnet. Der Bus hielt keine drei Straßen vom Ortseingang entfernt, und das schien bereits die Stadtmitte zu sein. Dennoch war Innes mehr als froh darüber, endlich aus dem Bus aussteigen zu können und drei Monate Zeit zu haben, ehe sie wieder den halben Tag eingepfercht in einem solchen würde verbringen müssen.

»Innes, willkommen in Balnodren!«

Eine dunkelblonde Frau kam mit ausgestreckten Armen auf sie zu, sobald sie ausgestiegen war. Innes lächelte sie müde an und breitete ebenfalls die Arme aus.

»Fen, schön dich zu sehen«, grüßte sie ihre Freundin und ließ sich von ihr in die Arme schließen.

»War die Fahrt sehr schlimm?«, fragte Fenella und strich sich das dunkelblonde Haar hinter die Ohren.

Innes schüttelte den Kopf und hob ihre Reisetasche auf, die sie neben sich abgestellt hatte.

»Es ging«, antwortete sie und ließ zu, dass Fenella einen Griff der Reisetasche nahm. »Wir müssen noch ein wenig laufen. Aber du siehst die Pension schon.« Fenella deutete mit ihrer freien Hand auf ein großes Haus, welches auf einer Anhöhe stand.

Wilkinson Manor.

Innes erinnerte sich daran, dass Fens Eltern das alte Familienanwesen bereits vor Fens Geburt zu einer Pension umgebaut hatten.

Gemeinsam gingen die beiden Freundinnen die Straßen Balnodrens entlang. Fenella fragte Innes nach ihrer Anreise aus, und Innes bemühte sich, nicht allzu verdrossen über die lange Busfahrt zu klingen. Oder über die Einsamkeit, die die Insel bereits jetzt auf sie ausstrahlte.

»Es wird dir hier gefallen«, versprach Fen.

Als sie sich Wilkinson Manor näherten, erkannte Innes, dass das Haus von Weitem einen deutlich besseren Eindruck gemacht hatte. Aus der Nähe sah sie, dass der Putz an einigen Stellen abbröckelte und das Haus dringend einen neuen Anstrich benötigte.

»Da sind wir«, erklärte Fenella und öffnete die Haustür. Ehe sie eintrat, warf Innes noch einen Blick zurück. Wilkinson Manor war das höchstgelegene Haus in Balnodren. Von hier aus konnte sie bis hinunter in die Bucht schauen, in der einige Fischerboote lagen. Worauf hatte sie sich nur eingelassen, hier drei Monate zu verbringen, fragte sie sich, während sie Fenella ins Haus folgte.

Die Eingangshalle ließ noch erahnen, welcher Wohlstand hier einmal geherrscht hatte. Die dunklen Holzdielen und die ebenso dunkle Vertäfelung an den Wänden setzten sich in der großen Treppe fort, die in die oberen Stockwerke führte. Selbst der Empfangstresen war aus dem gleichen Holz. Altmodische Wandleuchter und ein Kronleuchter erhellten den Raum. Deren Metallkomponenten hatten dringend eine Politur nötig, doch nach einer solchen könnte Innes sich gut vorstellen, wie die Lords und Ladys von Downtown Abbey oder ähnlichen TV-Serien sich hier aufhielten.

Am Empfang wartete ein Mädchen mit einem dunklen Pferdeschwanz, das sich die Zeit Kaugummi kauend mit einer Zeitschrift vertrieb.

»Innes, diese überaus zuvorkommende junge Dame ist meine Cousine Amy. Sie hilft mir in den Semesterferien hier aus.«

Amy ließ eine Kaugummiblase platzen und sah kurz von ihrem Magazin auf.

»Hi«, grüßte sie Innes und senkte sofort den Blick wieder, um weiterzulesen. Fenella seufzte und rollte mit den Augen. Sie umrundete den Empfang und nahm selbst einen Schlüssel von der Wand hinter Amy ab. Innes bemerkte, dass kein einziger fehlte. Sie konnte doch unmöglich der einzige Gast hier sein.

»Komm, ich zeig dir erst hier unten alles.«

Innes folgte Fenella in das Esszimmer, einen geräumigen Aufenthaltsraum, durch den man hinaus in den Garten gelangte. Alles, was sie bisher gesehen hatte, wirkte wie aus einer anderen Zeit. Wäre die kaugummikauende Amy nicht gewesen, Innes hätte fast geglaubt, sie habe eine Zeitreise hinter sich gebracht.

Selbst der Garten wirkte wie ein Überbleibsel aus einer lange zurückliegenden Epoche. Der akkurat geschnittene Rasen war von hochgewachsenen Rosensträuchern und Hecken umgeben, die die Gäste vor neugierigen Blicken von außen schützten. Fenella führte sie an einem Teich vorbei, in dem ein Entenpaar seine Bahnen zog.

Postkartenidylle, schoss es Innes durch den Kopf. Von diesem Platz aus, zwischen zwei Apfelbäumen hindurch, den Teich im Vordergrund und die Pension mit den Efeuranken an den Außenmauern, hatte man den perfekten Blick auf ihre Herberge für die nächsten Monate. Das Licht der langsam sinkenden Sonne tat sein Übriges, um Wilkinson Manor einen verklärt romantischen Anstrich zu verleihen. Es war das ideale Bild, um für die Pension zu werben. Innes schüttelte den Kopf. Sie konnte tatsächlich nicht aus ihrer Haut.

»Innes?«

Sie drehte sich zu Fenella um, die an der Tür eines kleinen Hauses stand, von dem Innes zunächst nicht gedacht hatte, dass es noch zum Anwesen des Manors gehörte. Vor dem Haus wuchsen Wildblumen und ein mit Steinen gepflasterter schmaler Weg führte zur Eingangstür.

»Mein Zuhause«, erklärte Fenella und breitete die Arme aus.

»Du selbst wohnst nicht in der Pension?«, fragte Innes überrascht. Fenella schüttelte den Kopf.

»Nein, Wilkinson Manor ist komplett für die Gäste umgebaut worden. Meine Eltern haben damals den Stall abgerissen und an seiner Stelle dieses Haus hier errichtet. Jetzt komm rein, Lucy freut sich schon darauf, dich kennenzulernen.«

Innes folgte ihr und hörte schon beim Betreten des Hauses ein helles Kinderlachen.

»Lucy?«, rief Fenella nach ihrer Tochter und schloss die Tür hinter Innes.

»Wir sind hier, Mum«, schallte die Antwort aus einem Nebenzimmer.

»Wir?«, fragte Fenella noch, als sie mit Innes das Wohnzimmer betrat. »Oh, hallo Jack.«

Innes blieb in der Tür stehen. Das Wohnzimmer schien ihr bereits jetzt überfüllt mit Fen und ihrer Tochter Lucy, die auf dem Boden saß und ein Tier im Schoß hielt. Innes wusste nicht so recht, was es sein sollte, weil es nur aus Haaren zu bestehen schien. Ein Mann, dieser Jack, kniete vor diesem Fellbündel auf dem Boden.

Ende der Leseprobe

PIA RECHT

DER Herzschlag CONNEMARAS

KASTANIENROT

ROMANCE

MEIN KOPFKINO

Pia Recht
„Der Herzschlag Connemaras: Kastanienrot"

Als Projektleiter John Palfrey aus London ins hinterste Irland geschickt wird, um einer Zuchtstation für Wildponys auf den Zahn zu fühlen, kann der karrierebewusste Schreibtischhengst seinen Widerwillen gegen Land und Leute nicht verbergen. Doch gerade die scheinbar hinterwäldlerische Langsamkeit der Einheimischen verändert seinen Blick auf sich und sein bisheriges Leben. Der Herzschlag Connemaras öffnet ihm das seine für das Land und für eine schöne Frau. Als er jedoch aus London erfährt, dass die Station geschlossen wird, droht er alles wieder zu verlieren, was er unverhofft gefunden hatte.

ISBN: 978-3-9816987-1-8   Preis: 6,95 €

"Die Geschichte schafft es, den Leser dahinschmelzen zu lassen."
Bücherblog "KathrinsBookLove"

"Diese tiefgründige Erzählung übt einen wahren Sog aus."
Bücherblog "Magische Momente"

"Herzerwärmend und mit viel Gefühl gespickt!"
Kitty's Bücherblog

"Besser kann man das Lebensgefühl der Iren nicht darstellen."
Binchens Bücherblog

Der Herzschlag Connemaras: Kastanienrot
Leseprobe

1

John Palfrey stand am Dubliner Flughafen vor der Passkontrolle und brütete finster in sich hinein. Am liebsten wäre es ihm gewesen, wenn der Beamte mit dem rasierten Schädel seine Einreise untersagt hätte. Aus welchen Gründen auch immer. John wollte weder nach Dublin noch nach Connemara, dem eigentlichen Ziel seiner Dienstreise. Aber er hatte kein Glück. Er wurde durchgewunken und folgte den Schildern zu seinem Anschlussflug, um dann festzustellen, dass dieser zwei Stunden Verspätung hatte.

Vor einer Woche hatte er in London bei der wöchentlichen Sitzung der Projektmanager erfahren, dass und warum sie ihn nach Irland schickten. In das Land, von dem er wenig wusste, außer, dass es nebenan lag und seine Einwohner ständig soffen und sich prügelten.

John Palfrey liebte seinen Bürojob. Er genoss die festen Arbeitszeiten, hatte auf seinem Schreibtisch, der immer ordentlich war, einen Topf mit einer Grünlilie, die er jeden Freitag kurz vor Feierabend goss. Genau genommen war diese Lilie sein einziger Bezugspunkt zur Natur. Er mochte alles, was nach Verlässlichkeit und Regelmäßigkeit aussah. Akten beschwerten sich nicht. Zahlen und Rechnungen waren entweder falsch oder richtig. In seiner Freizeit versuchte er, sich fit zu halten. Oft blieb es jedoch bei dem Versuch. Er fand, dass er in seinem Jogginganzug verkleidet aussah, nicht wie ein Sportler. Zwar war er schlank und groß, aber immer etwas ungelenk. Lieber saß er vor seinem Laptop. Eines seiner Projekte waren die Letterfrack-Ponys.

»John«, sagte Gordon Ramson, sein Vorgesetzter, nach der wöchentlichen Besprechung und nahm ihn ein Stück zur Seite, während die Kollegen den Konferenzraum verließen. »auf ein Wort?«

John blieb neben seinem Boss stehen und überprüfte den Sitz seiner Krawatte. Es kam sehr selten vor, dass Gordon ein persönliches Wort mit ihm wechselte, ja dass er ihn überhaupt wahrnahm. John rechnete daher mit dem Schlimmsten und setzte ein verlegenes Lächeln auf, als Gordon ihn zum Tisch hinüberschob.

»Setzen Sie sich, John. Sie betreuen doch die Ponys.«

John winkte ab, so als wolle er ausdrücken, dass es nicht der Rede wert sei.

»Bei der Jahresbeurteilung haben Sie angegeben, dass Sie gerne tieferen Einblick in ihre Projekte hätten. Diese Gelegenheit ergibt sich nun. Sie machen einen Auditbesuch.«

Ein Audit war nicht das, was John in der Jahresbeurteilung gemeint hatte, aber er lächelte und bedankte sich. Was er wollte, war mehr Verantwortung übernehmen zu dürfen. Er war mißverstanden worden, so dass man ihm jetzt einen Besuch vor Ort aufs Auge drückte. Dort würde er die Bücher überprüfen, musste jeden noch so kleinen Fehler finden und einen ausführlichen Bericht schreiben. Das nahm womöglich einen ganzen Tag in Anspruch. Wenn er Pech hatte, sogar länger. In Dublin wartete er auf seinen Anschlussflug nach Knock, war ungeduldig und vertrieb sich die Zeit mit seinem Laptop. Um ihn herum saßen Iren in legerer Kleidung, die in Zeitungen blätterten oder sich unterhielten, Touristen mit bunten Rucksäcken ließen sich lautstark darüber aus, was sie sich alles ansehen würden. John Palfrey hätte sich am liebsten die Daumen in die Ohren gestopft.

Endlich rief eine uniformierte Dame zum Boarding auf, und John war einer der Ersten in der Reihe.

Die Maschine war winzig, stand verloren auf dem Rollfeld zwischen den großen Flugzeugen, und es nahm die zwanzig Passagiere über eine wackelige Gangway auf. Nicht einmal eine Stunde würde der Flug dauern, und dafür hatte er gefühlte zwei Tage am Flughafen gesessen.

Das Frühlingswetter in Dublin war noch freundlich gewesen, aber der Kapitän informierte sie darüber, dass das Wetter in Knock nicht so gut wäre. Nichts anderes hatte John erwartet. Er hielt sehr konzentriert seine Augen geschlossen. Er dachte an das bevorstehende Audit. Wie würde sein Besuch ankommen? Mit den Leuten dort zu mailen, war das eine, ihnen persönlich über die Schulter zu schauen etwas ganz anderes.

Die Maschine sackte in ein Luftloch, und der Frau neben ihm entwich ein »Huch!«. John öffnete die Augen und warf ihr einen kurzen, prüfenden Blick zu. Zurück nehme ich den Zug, dachte er. Egal, was seine Sekretärin über die Züge in Irland gesagt hatte. Dass er stundenlang neben komischen Leuten sitzen würde, die ihrerseits Hühner auf dem Schoß transportierten.

Der Flieger durchbrach im Sinkflug die graue Wolkendecke, und John konnte einen ersten Blick auf die Landschaft unter sich werfen. Die Hügel waren kahl, ragten aus sattgrünen Ebenen heraus, die ihrerseits in kleine eckige Parzellen unterteilt waren. In diesen wiederum waren kleine Häuser auszumachen, wie hineingewürfelt, verbunden über schmale Straßen.

Der Flughafen von Knock hatte nur eine Start- und Landebahn und ein einzelnes einstöckiges Gebäude.

Zurück würde er den Zug ausprobieren.

In dem Gebäude gab es nicht einmal ein Gepäckband. Ein junger Mann trug ganz gemächlich Koffer und Taschen aus dem Frachtraum auf einen Rollwagen und zog diesen in das Gebäude. Dort ließ er die Koffer über den Boden auf die darauf wartenden Passagiere schlittern. Niemand beschwerte sich darüber. Man griff nach den Koffern und verschwand. Nach wenigen Minuten war John der Letzte in der Halle. Er wartete auf sein vorbestelltes Taxi.

War die Reservierung wegen der Verspätung in Dublin geplatzt? John wählte die Mobilnummer des Taxiunternehmers. Es meldete sich nur die Mailbox.

»Verdammt«, flüsterte er. Er hasste dieses Land jetzt schon. An dem einzigen Kundenschalter, den es gab, saß der junge Gepäckschubser und sah freundlich auf, als John auf ihn zukam und ihn ansprach.

»Ich habe ein Taxi vorbestellt, aber es scheint nicht auf mich gewartet zu haben.«

»Das tut mir leid, Sir.«

»Kann ich bei Ihnen einen Mietwagen bekommen?« Dabei deutete er auf das Logo einer Autovermietung.

»Tut mir leid, wir haben keinen mehr.«

Langsam nahm John seine Brille ab, wischte an den Gläsern herum und setzte sie wieder auf.

»Ist gerade Hochsaison, dass alle vermietet sind?«

»Die sind immer vorbestellt, Sir. Aber wenn Sie ein Taxi gebucht haben, wird es auch kommen. Wo müssen Sie denn hin?«

»Nach Letterfrack. Das Hotel dort wollte mir eins schicken.«

Der junge Mann strahlte ihn an.

»Dann kommt es mit Sicherheit. Rufen Sie einfach in dem Hotel an und fragen Sie noch einmal nach.«

John nahm sein Gepäck, setzte sich auf die abgewetzte Plastikbank am Fenster und wartete erneut, gestrandet im Niemandsland.

Nach dreißig Minuten des untätigen Wartens hielt endlich ein Auto auf dem Parkplatz vor dem Gebäude, ein ziemlich heruntergekommener Volkswagen. Draußen ging inzwischen die Welt unter, es regnete in Strömen, scharfe Windböen schlugen die Tropfen gegen die Scheiben. Durch die Schlieren hindurch sah John eine Person aus dem Wagen steigen und auf den Eingang zulaufen. Sie war ganz in einen großen Regenmantel gehüllt. Die Türen öffneten sich, ließen einen feinen Sprühregen herein, und die Gestalt in dem Regenmantel rief mit heller Stimme: »John Palfrey?«

John erhob sich, nahm sein Gepäck und nickte dem Fahrer entgegen. »Auf geht's!«, rief der Fahrer munter. »Wir sind spät dran.«

»Was Sie nicht sagen.«

Im Fußraum dieses Möchtegern-Taxis lagen ein Taschenbuch und eine zerfledderte Irish Times, auf der Konsole entdeckte John leere Kaffeebecher. Der Fahrer hatte noch immer die Kapuze der Regenjacke tief im Gesicht. Er startete den Motor und ließ den Wagen losrollen.

»Haben Sie eine Lizenz für den Personentransport?«, wollte John wissen.

»Machen Sie Witze?« Der Fahrer schlug die Kapuze zurück. »Wer braucht hier schon eine Lizenz?«

Unter der Kapuze kam das runde und äußerst attraktive Gesicht einer Frau Anfang dreißig zum Vorschein. Sie lächelte ihn mit blitzenden, braunen Augen an und warf ihr lockiges, kastanienrotes Haar in den Nacken.

»Bei dem Wetter sehe ich immer aus wie ein Pudel.«

Mit beiden Händen fuhr sie sich durch das Haar, während der Wagen weiterfuhr.

»Ich bin Siobhan Keating. Nett, Sie kennenzulernen.«

»Gleichfalls«, sagte John, dessen Ton schon deutlich freundlicher war, als er es beabsichtigt hatte. Er dachte: *Was für ein kastanienrotes Feuer. Von wegen Pudel...*

»Dann wollen wir mal los.«

Schon nach den ersten hundert Metern tastete John Palfrey hastig nach dem Sicherheitsgurt und schnallte sich an. Siobhan fuhr, als sei der Teufel hinter ihr her.

Die Straße war einspurig und schlecht asphaltiert. Flankiert wurde sie von beiden Seiten von hohen Dornengebüschen und Hecken, die nur ab und zu durch kleine Lücken einen Blick auf die Landschaft erlaubten. Zwischendurch ließ der Regen etwas nach. Die Scheibenwischer quietschten über das Glas, und John betete, es möge ihnen kein Wagen entgegenkommen. Siobhan aß ganz gelassen Cashewkerne aus einer Tüte, die sie sich zwischen die Oberschenkel geklemmt hatte und flötete gut gelaunt irgendeine Melodie vor sich hin. »Shuwaan?«, sagte John etwas nervös, denn er versuchte, ihren Namen so korrekt wie möglich auszusprechen.

»Ich habe es nicht eilig.«

Seine Hände verkrampften sich an den Seiten des Sitzpolsters und er hoffte, dass sie es nicht bemerkte.

»Ich auch nicht«, rief sie. »Da vorne beginnt das Torfmoor, sehen Sie?«

Unbeeindruckt setzte sie ihre wilde Fahrt fort,

Cashewkerne kauend und mit sich und ihrer Welt im Einklang. Der Regen hörte endlich auf, und die Sonne brach zaghaft durch die Wolken. Ihr Licht zauberte leuchtend grüne Flecken auf die Weiden, die sich bis zu den fernen Hügeln am Horizont hinzogen. Nur wenige Zäune aus Holz begrenzten die Weiden. In dieser Gegend Irlands wurden noch immer Trockenmauern aus losen Steinen errichtet. Diese wurden so geschickt aufgeschichtet, dass sie Jahrzehnte überstanden. John starrte aus dem Fenster, ein wenig verwundert darüber, wie sich diese Gegend mit ein wenig Licht positiv veränderte. Sie bogen auf eine zweispurige Straße ab. Straßenschilder, beschriftet sowohl in Englisch als auch in Gälisch, flogen an ihnen vorbei.

»Ich arbeite auf der Farm meiner Eltern«, sagte Siobhan. »Ich biete Reiterferien an und hole für gewöhnlich die Gäste vom Flughafen ab, wenn sie ohne eigenes Auto kommen.«

John lächelte höflich und war insgeheim dankbar, dass er nicht mit Reit-Touristen im Flieger gewesen war, die sich womöglich die ganze Zeit über Gäule unterhielten.

»Haben Sie mal über einen geführten Wanderritt nachgedacht, John?«

»Ich hab es nicht wirklich mit Pferden«, erwiderte er und brachte Siobhan damit zum Lachen. Ihr Lachen war von einer ansteckenden und übersprudelnden Art, von einer tiefen, erquickenden Lebendigkeit.

Ende der Leseprobe

THOMAS DELLENBUSCH

Liebe ist kein Gefühl

ERZÄHLUNG

MEIN KOPFKINO

Thomas Dellenbusch
„Liebe ist kein Gefühl"

Nina will ihren 39. Geburtstag nicht feiern. Stattdessen lässt sie sich ohne Plan oder Ziel durch die Stadt treiben. Sie glaubt, dass da draußen etwas auf sie wartet. Ein Artikel in einer Zeitschrift, der die Liebe aus einem unerwarteten Blickwinkel heraus betrachtet, weckt ihre Neugierde. Das Titelbild zeigt den Verfasser, und sie erkennt etwas an ihm, das sie dazu verleitet, diesen Mann finden zu wollen. Es wird ein Trip, der sie weit weg führen wird. In den hohen Norden Irlands.

ISBN: 978-3-9816987-5-6   Preis: 6,95 €

"Diese Geschichte gibt uns den Glauben an die Liebe zurück."
Bücherblog "Magische Momente"

"Selten habe ich solche Zeilen gelesen. Ein wahrer Schatz!"
Ka-Sa's Buchfinder

"Werde ich so schnell nicht mehr vergessen."
Line's Bücherwelt

"Ein absolutes Must-Have!"
Das Lesesofa

"Mein Buch des Jahres"
Bücherblog "BooksinmyWorld"

Im KopfKino-Verlag sind bisher erschienen:

Thomas Dellenbusch
Der Matrjoschka Code
Das Testament
Der Nobelpreis
Der Weichensteller
Verstecktes Herz
Liebe ist kein Gefühl
Chase – Jagd auf die stumme Dichterin

Lilly M. Daniel
Auch die gute Hoffnung stirbt zuletzt

Pia Recht
Der Herzschlag Connemaras - Kastanienrot

Tanja Bern
Distant Shore – Sterne der See

Annika Dick
Lovely Skye – Ein Sommer in Balnodren

Alle Geschichten sind auch als
eBook oder Hörbuch erhältlich

Ausführliche Lese- und Hörproben finden Sie auf
MeinKopfKino.de

Tanja Bern wurde in Herten geboren und lebt mit ihrer Familie in Gelsenkirchen. Die beliebte Autorin ist dem Ruhrgebiet immer treu geblieben, obwohl sie eine Liebe für die nordischen Länder hegt. Durch eine starke Verbundenheit zur Natur und die Liebe für mystische Geschichten entstand bei ihr schon früh das Bedürfnis zu schreiben. 2008 erschien ihr Debüt. Tanja Bern schreibt mittlerweile in verschiedenen Genres und arbeitet mit unterschiedlichen Verlagen zusammen.

Tanja Bern im KopfKino-Verlag:
"Distant Shore - Sterne der See"
"Distant Shore - Gold der Dünen" (April 2016)
"Distant Shore - Perlen des Meeres" (Oktober 2016)

Sonstige Veröffentlichungen (Auszug):

Flüstern der Ewigkeit, Bookshouse 2015
Nah bei mir, Arunya Verlag 2014
Schattenhauch - Ruinen der Dämmerung, Carlsen 2014
Der silberne Flügel, Oldigor Verlag 2014
Die Decoxe, Arunya Verlag 2013
Ruf der Geister, Oldigor Verlag 2013

www.ingramcontent.com/pod-product-compliance
Lightning Source LLC
Chambersburg PA
CBHW030638130626
46552CB00002B/918